KB196416

시간의 문턱에서

초판 1쇄 인쇄_2025년 2월 10일 | **초판 1쇄 발행**_ 2025년 2월 15일
지은이_꿈뜨락애 | **엮은이**_김예지 | **펴낸이**_진성옥 외 1인 | **펴낸곳**_꿈과희망
디자인·편집_이현주
주소_서울시 용산구 한강대로 76길 11-12 5층 501호
전화_02)2681-2832 | **팩스**_02)943-0935 | **출판등록**_제2016-000036호
E-mail_jinsungok@empas.com
ISBN_979-11-6186-166-1 43810

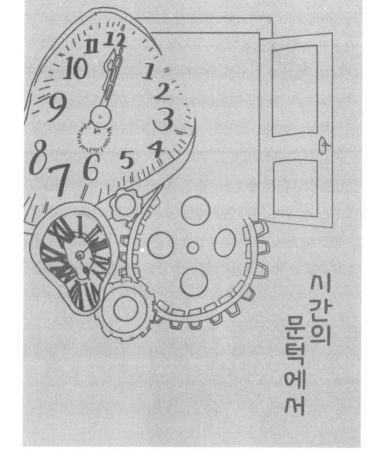

시간의 문턱에서

꿈뜨락애 지음   김예지 엮음

꿈과희망

현재를 살아가는
                          걸음

　따뜻한 기운이 가득했던 봄과 내리쬐는 햇살에 허우적대던 여름
을 지나, 매서운 추위에 목도리와 코트를 입고 등교하는 겨울이 되
었습니다. 처음 만난 계절의 꿈뜨락애는 너 나 할 것 없이 어색함
에 말을 아끼곤 하던 모습들이었으나, 한 권의 '책'을 만들고자 하
는 공통의 목표 앞에 학생들은 점차 자신의 목소리를 내기 시작했
습니다. 소설 작성은 물론이거니와 소설 모두를 아우르는 주제, 소
재, 내용과 표지에 이르기까지 어느 것 하나 학생들의 손길이 닿
지 않은 곳이 없습니다. 이들이 머리를 맞대고 고심한 끝에 결정한
'타임 루프'라는 소재를 보고, 학생들이 시간의 차원을 넘나들며
들려주고 싶은 이야기란 과연 무엇일지 많은 기대가 생겼습니

다. 그리고 마침내 써내려 간 이야기에는 저마다의 생각과 아이디어가 스며 있었습니다.

붙잡을 수도, 건너뛸 수도 없는 '시간'을 다룬 학생들의 이야기는 개인의 감정을 섬세하게 다룬 것부터 사회 문제를 꼬집고 변화의 메시지를 주고자 하는 것에 이르기까지 다양한 매력을 가지고 있습니다. 돌이키고 싶은 과거의 순간, 다가가고 싶은 미래의 시간은 누구에게나 있을 것입니다. 그리고 그러한 내면의 욕망에 대한 고찰이 더 나은 '현재'를 만들기 위한 한 걸음이 되리라 믿어 의심치 않습니다.

어떤 미래를 꿈꾸고 있나요? 그리고 어떤 과거를 돌아보고 있으신가요. 과거와 미래의 꿈에 대한 깊고도 오랜 고민이 이 책을 읽는 동안 이어지기를 바랍니다. 또한 그 고민의 끝이 어떠한 해결로 끝맺을 수 있기를 진심으로 응원합니다.

마지막으로 꿈뜨락애 운영을 위해 열정을 불태우며 노력해 준 동아리 부장과 부족한 지도에도 열심히 따라와 준 동아리 부원들에게 감사의 인사를 전합니다.

꿈뜨락애 지도교사
김예지

꿈이 아닌
현실로

안녕하세요, 꿈뜨락애 부장 김가현입니다. 3월에 처음 만난 우리 꿈뜨락애 부원들. 어색한 첫 만남이 엊그제 같은데 벌써 책 한 권을 완성했습니다. 비록 집필 과정에서 어려움을 마주했었지만, 자기 자신을 믿고 그 과정에서 성장해 나가며 무사히 이 소설을 완성했습니다. 부족한 저를 믿고 따라와 준 부원들과 김예지 선생님께 감사할 따름입니다.

집필을 마치니 시원섭섭한 감정이 듭니다. 2학년들은 이 책, '시간의 문턱에서'를 끝으로 꿈뜨락애 집필 생활을 마무리짓습니다. 우리 2학년 부원들은 지난 2년간 쌓아온 작문 실력으로 작년보다 한 걸음 더 발전된 작품을 내놓았습니다. 아직 풋풋한 1학년 부원들은 자신의 주관을 확고히 담은 첫 작품을 세상에 내놓았습니다. 부원들의 아름다운 성장에 괜스레 제가 다 뿌듯해집니다.

'시간의 문턱에서'는 '타임 루프'라는 소재를 주제로 이루어진 옴니버스 소설입니다. 사람들은 누구나 '타임 루프'라는 헛된 꿈을 가슴 한편에 지니고 삽니다. 그러나 이 타임 루프가 헛된 꿈이 아니라면 어떠신가요? 저희 꿈뜨락애는 타임 루프를 헛된 꿈이 아니라 현실로 만들기 위하여 다섯 가지 빛깔의 스토리를 만들어 내었습니다.

누군가는 저희의 이야기를 단지 소설이라고 치부할 수도 있습니다. 그러나 이 이야기의 주인공들은 어딘가에서 현실을 살아가는 우리네 이웃의 이야기일 수도 있습니다. 혹은 당신의 친구, 가족, 심지어 미래의 당신일 수도 있습니다. 믿기지 않는다면 이 소설을 한 번 읽어보세요. 그다음 주위 사람을 돌아보시길 추천해 드립니다.

세상은 무한히 넓고, 말로 설명할 수 없는 것들이 가득합니다. 그 속에서 이 책을 만난 건 필연이겠지요. 필연의 당신에게도 타임 루프의 기회가 찾아오길 바랍니다.

꿈뜨락애 부장
김가현

목
차

Prayer

차
경
민

프롤로그

어두운 구름이 하늘을 제 것인 것처럼 차지하고 있다. 달이 보이지 않는 건 아쉽지만, 그 덕분에 세상이 새하얗게 물들었다.

오늘같이 눈이 내리는 크리스마스를 화이트 크리스마스라고 부르는 듯하다. 단순히 눈이 내리는 것만으로도 분위기가 한층 더 띄워졌다.

바닥에는 눈이 얇게 쌓여, 밟을 때마다 기분 좋은 소리가 났다.

지금은 낮에 비해 눈발이 많이 약해졌다. 우산 없이 눈을 맞아도 전혀 불쾌감이 들지 않았다.

—분명 분위기 탓이리라.

차가운 눈조차 기분 좋게 만들어 주는 크리스마스만이 가진 분위기다.

우리 또한 이 분위기에 휩쓸려버렸다. 지금은 나 혼자 약속한 장소로 가는 중이다.

아침에 일어나서 창밖으로 내리는 눈을 보니, 한층 더 결심이 굳혀졌다.

따로따로 만나지 않겠냐고 먼저 제안한 건 나였다.

은하는 어째서 각자 집을 나와 약속 장소 근처에서 합류해야 하는지를 물어봤었다.

'분위기를 만드는 거야'라며, 내가 대답했었다. 오늘 같은 날이니까 예외를 만들어도 괜찮을 거로 생각했다.

현재로서는 동거인일 뿐이지만 오늘을 기점으로 상황이 바뀔 것이다. 그러길 바란다.

아마 지금쯤이면 은하는 크리스마스를 맞아 설치된 대형 트리 앞에서 기다리고 있을 것이다.

횡단보도의 신호가 바뀌었다. 나는 무수한 인파와 함께 횡단보도를 건너갔다.

모처럼 몇 년 만에 찾아온 화이트 크리스마스다. 오늘을 놓치면 언제 결심이 설지 모른다.

—트리가 보였다.

우리 지역이 자랑하는, 매년 크리스마스 시즌이 되면 도심 한복판에 설치되는 무식하게 큰 트리다. 장식들도 조화롭게 어우러져 있었다.

또한 트리의 크기뿐만이 아니라, 주위에 있는 따스한 느낌의 조명들도 거리의 분위기를 한층 더 아름답게 만들어주었다.

SNS에선 매년 고백, 청혼 등의 장소로 꽤 화제인 모양이다.

나는 코트의 안주머니를 확인했다.

음, 제대로 들어 있다. 잃어버리지 않았다. 잘 챙겨왔다.

약속 시간인 7시 30분까지 얼마 남지 않았으리라. 이제 와서 없으면 정말 큰 일이었다.

시간을 확인하기 위해 바깥 주머니에서 스마트폰을 꺼냈다. 전원 버튼을 누르니 아무 반응도 없었다.

다시 한번 전원 버튼을 꾹 눌렀다. 역시 아무 반응이 없었다.

날씨 때문일까, 아마 방전된 듯했다. 하긴, 이것도 오래되긴 했다. 바로 작년에도 비슷한 일이 있었으니.

조금 발걸음을 서두르려고 한 그때였다.

"……!"

여자의 비명 같은 것이 들렸다. 이런 분위기 속에서도 묻히지 않을 만큼 선명하게.

분명 트리 바로 앞쪽이다. 무슨 일이 벌어진 것 같다.

이상한 일에 휘말리고 싶지는 않지만, 스마트폰이 꺼져 있기도 하고 지금 기다리고 있을 은하를 위해서라도 가봐야만 한다.

"빨리! 누가 119 좀 불러주세요……!"

그렇게 소리치는 남자의 목소리에 힘입어서 주위가 더욱 시끄러워지기 시작했다.

트리 바로 앞까지 왔지만, 아직 무슨 일이 일어난 건지 파악할 수 없었다.

―왠지 모를 불안감이 엄습해 왔다.

여간 심각한 사태인가 보다. 크리스마스의 분위기를 이 정도로 혼란스럽게 만들었으니.

그래, 가령 예를 들자면…….

내 생각이 거기까지 다다랐을 때, 나는 아마도 그 사건 현장을 목격했을 것이다.

'아마도'라는 표현을 사용하는 이유는, 그 이후로 몇 시간 동안의 기억이 사라졌기 때문이다. 마치 누군가가 의도적으로 지워버린 것처럼.

최소한 지금으로서는 도저히 떠올릴 수가 없다. 앞으로도 과연 떠올릴 수 있을지 의문이다.

그러니까, 포기하지 않을 것이다. 몇 번이고, 몇 번이고, 너를 다시——

1장

죽음을 기억할 수 있다는 것은 축복받은 일이라는 이야기를 들은 적이 있다. 그 순간을 곁에서 지키며, 마지막을 함께 했다는 증거가 되기 때문이라고 한다.

자신도 모르는 사이에, 갑자기 사라져 버리는 것보다는 훨씬 낫다고, 은재는 자신을 위로했다.

―아니, 아니다. 아니다. 아니다. 아니다. 아니다. 아니다. 아니다. 아니다. 아니다. 아니다. 아니다. 아니다. 아니다. 아니다. 아니다. 아니다.

그 생각은 틀렸다. 분명, 진심은 그게 아니다.

그렇지 않으면 지금 느껴지는 감정을 도저히 설명할 수가 없었다.

"어째서……."

조문객이라곤 한 명도 없는 장례식장에서 은재는 무릎을 끌어안은 상태로 중얼거렸다.

사실은, 사랑하는 사람의 죽음 따위 보고 싶지 않은 게 당연하다.

사실은, 죽지 말아줬으면 한다.

하지만 이미 지나간 시간을 후회한다고 한들 달라지는 건 아무것도 없다.

은재는 주머니 속의, 반지가 들어 있는 조그마한 상자를 만지작거렸다.

―만약 스마트폰이 방전되지 않았다면, 만약 외출을 함께 했었다면, 차라리 크리스마스를 집에서 보냈더라면.

이유는 모르겠지만, 어째서인지 눈물은 더 이상 나오지 않았다.

"신이시여. 어째서 저를 이런 지옥으로 빠뜨리는 건가요……?"

장례식 이틀째. 그 전날과 아침을 통곡으로 지새운 만큼, 은재의 목소리는 심하게 갈라져 있었다. 그런 목소리로 들어줄 이 하나 없는 호소를 토했다.

울다가 지쳐 잠들 수 있다는 사실을, 은재는 오랜만에 떠올렸다.

생애 처음으로 울다 지쳐 잠들었을 때, 그의 옆에 있어 준 사람 덕에 안심하고 눈을 감을 수 있었다.

하지만 지금 은재의 곁에는 아무도 없다.

다른 곳에서 들려오는 대화 소리를 들으니 더욱 자신이 비참하게만 느껴졌다.

"알고는 있었는데."

은재는 힘겹게 한숨을 내뱉었다.

물론 알고 있었다. 아무도 찾아오지 않을 거라고. 막상 현실이라는 결과로써 다가오니 조금 쓸쓸해졌을 뿐이었다.

그럼에도 은재는 장례식을 진행하기로 했다. 딱히 이유는 없었다. 정신을 차려보니 그렇게 되어 있었다.

—고개를 들어보니 문득, 충전기를 연결해 둔 스마트폰이 생각났다.

은재는 오랫동안 움직이지 않은 탓에 쥐가 나려 하는 다리를 부여잡으며, 자리에서 일어나 방으로 들어갔다.

바닥에 놓인 스마트폰에서 충전기를 뽑고, 전원 버튼을 꾹 눌러켜 보았다. 느릿느릿하게 스마트폰이 켜지고 날짜와 시간이 표시됐다.

크리스마스로부터 얼마 흐르지 않은, 12월 27일 오전 1시 12분.

또한 부재중 전화 한 통이 와 있었다. 이름은 김은하. 발신 시각은 25일 오후 7시 27분.

은재는 마음속 깊은 곳에서 무언가가 요동치는 것을 느꼈다. 가까스로 진정시켰는데, 그 무언가가 터져 나올 것만 같았다.

은재는 다시 빈소로 나왔다.

그때, 어디선가 그리운 듯한 여자의 목소리가 들려왔다.

"—은재, 맞지?"

먼 옛날에 들어본 적 있는 목소리였다.

분명히······.

"박성월?"

은재는 그리운, 하지만 잊어버리려야 잊어버릴 수가 없는 이름을 입에 담았다.

"어떻게 여기에……."

자신이 온갖 수를 써서라도 찾으려고 했던 사람이, 바로 눈앞에 있었다.

그도 그럴 게 이 아이는…….

"꼴이 말이 아니네. 우선 화장실에 가서 세수라도 하고 와. 이야기는 그다음에 하자."

성월은 쓴웃음을 지으며 말했다.

은재의 머릿속이 혼란으로 가득 찼다. 하지만 아무 말 없이 성월의 말을 따르기로 했다.

멍해졌다.

두 번 다시 볼 수 없을 것으로 생각했던 사람이 돌연 눈앞에 나타났다. 어안이 벙벙해지는 것도 당연하리라.

다시 돌아와 보니 성월은 오른쪽 벽면에 기대어 앉아 있었다. 은재는 그녀를 따라 맞은편 벽에 천천히 앉았다.

"왔어?"

성월이 물었다. 은재에게 그 말은, '조금 진정했어?'라는 뜻으로 들렸다.

"응, 아까보단 나아졌어."

그렇게 대답한 은재는 은하의 영정사진으로 고개를 돌렸다.

아래쪽에는 방금까지 없었던 향 하나가 회색빛으로 타들어 가고 있었다.

"……."

"……."

몇 초 간의 정적이 흘렀다.

"유감이야. 재능이 넘쳐나는, 정말 좋은 아이였는데."

성월이 안타까운 듯이 말했다.

"응, 그러게." 달리 할 말을 찾을 수 없었기에, 은재는 그렇게밖에 대답하지 못했다.

지금 은재의 머릿속에는 당장이라도 물어보고 싶은 의문이 수없이도 많았다.

하지만, 가장 먼저 해야만 하는 말을 전했다.

"—잘 지냈어?"

성월이 은재의 곁을 떠나간 이후로, 단 한 번도 소식조차 접할 수 없었다. 어떻게 지냈는지 궁금해지는 것도 당연하리라.

"나, 말이야……?"

성월은 조금 당황해하며 말했다.

"평범하게 지냈어. 응, 평범하게 지냈지. 남들과 다를 바가 없었어."

성월이 머뭇거리며 대답했다.

은재는 생각했다. 하지만 성월이 말하는 평범의 의미를, 그는 알 수 없었다.

"—실은, 입양됐었어. 해외로."

말 사이에 조금의 간격을 두고, 은재의 부정적 사고를 중지시키며 성월이 덧붙였다.

그 말을 듣고 은재는 안도의 한숨을 내쉬었다.

"다행이다."

무심코 은재의 생각이 입 밖으로 나와버렸다.

어렸을 당시에, 은재는 입양이 정확히 무엇인지도 몰랐다. 자신들이 남들과 다르게 살아왔다는 것을 깨달은 뒤에 문득 생각난 가능성 중 하나였다.

물론 그 가능성 중에서는 안 좋은 쪽의 가능성도 포함되어 있었다.

입양이라. 성월이라면 이상할 게 없다. 자식을 원하는 사람들이라면 누구든지 성월 같은 아이를 원할 것이다.

"해외라면, 중국이나 일본 같은?"

은재가 질문했다.

"미국이야. 그때부터 쭉 뉴욕에서 살았어."

전혀 예상하지 못했다.

"그러면, 여기까지는 어떻게 온 거야?"

"으음, 연락을 받았거든."

성월은 잠시 고민하더니 대답했다. 아마도 부고 문자를 받은 것이리라. 그런 점을 신경 써 주는 것도 그녀다웠다.

잠깐만…….

"연락처, 있었던 거야?"

은재는 땅이 꺼질 듯한 한숨을 내쉬며 말했다.

"미안하게 생각하고 있어. 하지만, 그편이 더 좋을 것 같아서."

성월이 다급하게 변명했다.

솔직히 말하자면 서운했다. 구체적인 이유는 잘 모르겠지만, 잘 지내고 있다는 짧은 메시지를 한 건이라도 받았다면 좋았을 텐데.

"……그래시, 오늘로 며칠째야?"

성월이 조심스럽게 물었다. 딱히 민감한 문제가 아니니까 신경 쓸 필요는 없는데— 라며, 은재는 생각했다.

현대의 장례식은 대부분 3일 동안 진행된다. 은하가 살해당한 25일을 포함해서 오늘로 마침 3일이었다.

"이틀…… 아니, 사흘이야. 자정이 지났으니까."

날짜가 바뀌었다는 사실을 뒤늦게 깨닫고, 자신이 한 말을 정정하며 은재는 담담하게 말했다.

"곧 끝나는구나."

성월은 그 말을 하고 천장을 올려다봤다. 그녀의 시선을 따라서 은재도 천장을 바라봤다. 나무 재질의 별 볼 일 없는 천장이었다.

성월의 시선이 내려오자 은재의 시선도 따라서 내려왔다. 서로의 눈빛이 교차하는, 어릴 적 이후로 오랜만에 재회한 상대와 하기에는 꽤 어색한 행동이었다.

"사인은……?"

성월은 아까보다 더욱 은재를 신경 쓰며 말했다.

"정확하게 기억나는 건 아니지만, 과다 출혈이겠지. 아마도."

"과다 출혈?"

성월이 되물었다. 그도 그럴 게, 그녀는 자세한 사정을 모르는 것이다.

"응. 은하는, 최은하는—."

"크리스마스 당일. 12월 25일 오후 7시 29분경, 칼에 복부를 관통당했어. 이후 병원으로 이송됐지만, 결국…….”

은재는 어디선가 들은 것을 그대로 설명하는 듯한 어조로 말했다.

"—칼?"

이번에는 반대로 성월의 머릿속이 혼란스러워졌다.

"범인은? 잡혔어?"

"물론, 그 장소를 얼마 벗어나지 못하고 금방 체포됐어. 그렇게나 사람들이 많은 장소였으니까.”

은재는 그때 당시의 상황을 떠올리려고 노력했다. 하지만…….

"—너는, 어디 있었어? 은하 옆에 있던 게 아니었어?"

성월이 되물었다. 평소였다면 실로 지당한 의문이었으리라. 평소라면 말이다.

"분위기 때문에, 그깟 분위기 때문에……. 각자 따로 만나자는 제안을 해버렸어.”

말하는 도중에 숨을 삼키며, 은재가 대답했다.

"그 사이에, 그 짧디짧은 별거 아닌 순간에, 이런 식으로 될 줄은…….”

차마 말을 다 잇지 못했다. 겨우 진정시켰던 은재의 감정이 터져나올 듯했다. 그녀의 앞에서 이런 모습을 보이고 싶지는 않았는데.

"네 탓이 아니야."

"그래도! 내가 애초에 그런 말을 꺼내지 않았더라면⋯⋯!"

은재는 갈라진 목소리를 쥐어짜 내며 소리쳤다.

"너무, 자신을 책망하지 마."

어느새 성월이 은재의 얼굴 바로 앞까지 다가와 있었다. 그녀의 목소리가 아주 가까이서 들렸다.

은재는 성월의 시선을 마주할 자신이 없었다. 자신도 모르게 고개를 떨궈버렸다.

"—그렇다면, 그 순간을 기억하지 못하는 건 누구 때문인데?"

그렇게 말하는 그의 목소리가 너무나도 가냘팠기에 성월은 흠칫 놀랬다. 그 호소가 마치 닿을 리 없는 기도처럼 들렸던 것은 어째서일까.

"기억하지 못한다니?"

"현장에 급하게 도착했을 때부터, 아니. 그 전부터 이후까지⋯⋯."

은재는 한동안 침묵했다. 성월은 아무 말 없이, 고개를 숙이고 무릎을 끌어안고 있는 은재를 가만히 기다려주었다.

"누군가가 도려낸 것처럼, 사라져 버렸어."

은재의 말이 의미하는 바를, 성월은 잘 알고 있었다.

—지워버린 것이다. 자기 스스로.

일종의 방어 작용이다. 몸이 감당할 수 없을 정도의 정신적인 충격을 받았을 때, 뇌가 우리를 보호하기 위해 그 기억을 삭제해 버리는 경우가 종종 있다고 한다.

하지만 그 사실을 은재에게 전해도 괜찮을지 성월은 한참을 고민했다.

"의사가 말하기론 일종의 방어 작용, 이라나 봐."

그런 성월의 고민을 무색하게 만들며 은재가 말했다.

"그딴 거, 필요 없었는데……."

얼굴은 보이지 않았지만, 은재가 어떤 표정을 짓고 있는지 성월은 어렴풋하게 알 수 있었다.

분명 울고 있으리라.

그런 그에게 해줄 말을 성월은 도저히 생각해 낼 수가 없었다.

다시 만나면 해주고 싶었던 말이 잔뜩 있었는데. 막상 본인을 눈앞에 두니 아무 말도 나오지 않았다.

설령 영화 속 주인공처럼 멋진 말을 건넬 수 있었다 하더라도 마주할 자신이 없어 도망쳐 버린 자신이 그런 말을 해도 괜찮은 건지, 끝없는 의문이 들었다.

그랬기에, 지금 성월이 해줄 수 있는 건 오직.

"……?"

그의 손을 잡아주는 일뿐이었다.

"고마워. 따뜻하네."

그런 속이 텅 비어 있는 자조의 한숨이 섞인 감사함조차 성월은 듣고 있을 수밖에 없었다.

그저 그가 스스로를 진정시킬 때까지.

"미안해. 폐를 끼쳐버렸네."

"아니야. 나야말로, 미안……."

은재와 성월이 서로 사과를 주고받았다.

그로부터 약 10분 후, 은재는 어느 정도 감정을 다스린 것 같았다.

"그럼, 나는 이만 가볼게."

성월이 스마트폰 화면에 비친 시간을 보며 말했다.

"응. 갑자기 미국에서 한국까지 왔으니까, 해야 할 일이 남아 있는 거지?"

조금의 아쉬움과 부러움이 느껴지는 말투로 은재는 말했다.

"—내가 말했던가?"

성월은 자신이 한 말을 하나하나 되짚어 보며 의문을 표했다.

"아니, 왠지 모르게 그냥. 너라면, 박성월이라면 그럴 것 같았거든."

이유는 알 수 없었다. 은재는 성월이라면 누군가에게 있어서 필요한 사람, 소중한 사람이 되었을 거로 생각했을 뿐이었다.

"그러니까, 집 주소. 알려줄 수 있어?"

성월은 그렇게 말하며 은재의 바로 옆에 앉아 자신의 스마트폰을 내밀었다.

"주소?"

"잠시 쉴 시간이 있을 거잖아. 그때 찾아볼까 해서. 안 될까?"

성월이 주저하며 물었다.

—도저히 거절을 용서치 않는 목소리였다. 은재는 아무 말 없이 스마트폰에 자신이 살고 있는 멘션의 주소를 적어주었다.

"내일 아침이라면, 잠시 시간이 있을지도 몰라. 이동은 오후쯤에

한다고 했었거든."

"응, 알겠어."

그 말을 끝으로 성월은 자리에서 일어났다. 맞은 편에 둔 그녀의 작은 가방을 챙긴 뒤, 천천히 걸음을 뗐다.

은재가 떠나가는 성월의 뒷모습을 멍하니 쳐다보고 있던 그때였다.

성월이 뒤를 돌아보며 쓴웃음을 짓고는 이내 작게 손을 흔들어 주었다.

은재는 그 상냥함에 보답하기 위해 마찬가지로 손을 흔들어 답했다.

-2장
─────

옛날 옛적에 소년과 소녀가 살았다. 그들이 사는 곳에는 그들과 또래로 보이는 갈 곳 없는 아이들이 잔뜩 모여 있었다.

언제부터 시작된 것인지도 몰랐다. 그저 알 수 있는 것이라곤 기억이 시작된 이후부터 그들이 쭉 함께였었다는 사실 뿐.

아침을 맞아 눈을 뜨고, 같은 밥을 먹은 후, 다른 아이들과 어울려 노는 게 그들의 일상의 전부였다.

―그건, 그들에게 있어서는 너무나도 당연한 사실인지라, 이러한 생활이 끝나리라고는 생각조차 하지 못했다.

모든 건 한 마리의 새가 찾아오면서부터였다.

너무나도 아름다운 그 새는, 보는 이로 하여금 매력에 빠져 헤어 나올 수 없게 만들었다.

소년과 소녀도 예외는 아니었다.

너무나도 어리석었기에 아무것도 알지 못했던 소년은 그 새에게 거리낌 없이 다가가 말을 걸 수 있었다.

하지만 어중간한 재능을 가지고 태어난 소녀는 한눈에 깨달아 버렸다.

볼품없는 날개를 가진 자신은 저 새에게 결코 이길 수가 없다는 것을.

소년과 새가 가까워지는 건 한순간이었다. 먼저 다가와 준 소년에게 호감을 느낀 것일까, 새는 금방 경계를 풀었다.

2장

─쨍그랑

유리컵이 산산조각 나는 소리가 났다.

"으아…… 은재야, 괜찮아?"

그 유리컵은 방금 전까지 은재가 물을 마시는 데 사용하고 있었다. 깨닫고 보니 손에서 놓아버린 상태였다.

─있을 수 없는 일이 일어났다.

그야, 지금 들리는 건…….

당황해서 허둥대고 있지만 한 번 들으면 누구라도 잊을 수 없을 목소리, 잘못 들을 리가 없다.

이건 분명…….

"최은하?"

이미 죽은 사람의 것이었으니까.

시간은 장례식이 마무리되던 당일날 밤까지 거슬러 올라간다.

은재는 힘없이 터덜터덜 집으로 돌아왔다. 그러고는 아무도 없는 집을 멍하니 쳐다보았다.

대체 몇십분이 지났을까, 은재는 정신을 차린 후 옷을 갈아입고 간단하게 씻었다.

—털썩

은재는 그대로 침대에 몸을 맡겼다. 너무나도 지쳤다. 더는 육체적으로나 정신적으로나 한계였다.

모든 것이 꿈만 같았다. 언젠가 깨어날 악몽이라고, 눈을 뜨면 당연하게도 그녀가 있을 거라며 자신을 위로했다.

은하와 함께했던 일상으로 돌아갈 수 있다면 대체 무엇을 못 하겠는가.

'목숨마저 바칠 텐데⋯⋯.'라고 생각하며 은재는 기절하듯 잠에 들었다.

—그리고 상황은 현재에 이른다. 죽은 사람이 살아 돌아왔다는 초자연적인 현상에 은재는 할 말을 잃었다.

"발은 안 다쳤어? 지금 치워줄게!"

은하는 눈에 보이지 않을 정도로 작은 유리 조각들을 조심하여 천천히 빗자루로 바닥을 쓸어 나갔다.

—굳이 움직일 이유도 없었기에, 은재는 바삐 움직이는 은하를 바라보고만 있었다.

그 시선에서 이상함을 느낀 것인지 은하가 물었다.

"무슨 일이야? 혹시 유리 조각, 밟았어……?"

은재는 자신의 발을 들어 유리가 박혀 있는 건 아닌지 확인해 보았다. 눈에 띄는 상처는 없었다. 바로 앞에서 유리컵이 깨진 것 치곤 너무나도 멀쩡했다.

다시 발을 내리니 은하가 여전히 걱정스러운 눈빛을 보내고 있었다.

"아니, 일단 밟지는 않았어."

은재가 겨우겨우 말을 꺼냈다.

"그래? 후, 다행이다."

은하는 안도의 한숨을 내쉬었다. 그러고는 쓰레받기에 담긴 유리 조각들을 봉지에 넣었다. 혹여나 비닐이 찢어지지 않도록 이중으로 꼼꼼하게.

"다 됐어. 이제 움직여도 괜찮아."

"응."

허가를 받은 뒤 은재는 거실에 있는 소파에 앉았다. 은하도 은재를 따라와 마찬가지로 옆자리에 앉았다.

은하는 리모컨으로 TV를 켰다. 아침마다 틀어두는 뉴스 방송이었다.

은재는 생각에 잠긴 채로 은하를 빤히 바라보고 있었다. 그의 귀에는 마치 TV의 소리 따위는 들리지 않는 것 같았다.

"으음……."

은하가 우물쭈물하며 망설이다가 물었다.

"진짜 괜찮은 거 맞아? 귀신이라도 본 얼굴을 하고 있는데."

질문에 대답하기 위해 은재가 입을 뗀 순간, 뉴스에서 정시를 알리는 알림이 울렸다. 그 소리에 정신을 차려 TV를 바라보니―.

"11월 30일……?"

그가 아는 것과는 전혀 다른 날짜가 표시되어 있었다. 오늘은 분명 12월 28일이어야 하는데.

"저 뉴스, 잘못된 건 아니겠지?"

"뉴스? 아직 보도는 시작도 안 했는데. 정말 이상한 꿈이라도 꾼 거야?"

대화가 맞물리지 않았다. 은재의 질문은 그런 의미가 아니었다.

하지만 꿈이라―.

오늘을 기점으로 크리스마스까지 이어졌던 그것은 단지…….

"꿈이었던 건가?"

은재는 사고를 가속했다.

그날 느낀 감정과 고통은 모두 의심할 여지가 없는 진짜였다. 단순한 꿈이라기에는 너무나도 현실적이었으니까.

또한 지금 느끼고 있는 감각들도 모두 진짜 같았다. 소파의 감촉, 은은한 커피의 향기, 무엇보다도 은하의 모습과 목소리. 그 전부가, 현재 상황이 꿈이 아니라는 것을 알려주고 있었다.

결론은 단 하나.

시간 여행이다. 만약 가능하다면 그것 말고는 설명할 방도가 없었다. 현대 인류의 지식으로는 미래로의 이동은 가능할지라도, 과거로의 이동은 불가능하다고 여겨졌을 텐데.

그렇다면 말 그대로 기적이 일어난 것이다.

이 기적이 일시적인 것인지, 영속적인 것인지는 잘 모르겠다. 하지만 은재는 지금 이 순간, 단 하나의 생각에 머리를 지배당했다.

모든 날을 후회 없이 보내는 것.

그리고 즉시 소파에서 벌떡 일어나 은하의 손을 잡아끌며 말했다.

"—오늘 밤에, 별을 보러 가자."

"……."

"어……, 응?"

은하가 놀라는 건 평소에 좀처럼 없는 일이다. 서로를 너무나도 잘 이해하고 있기에 둘이 있을 때는 특히나 더 그렇다.

—그런 드문 일이 오늘 아침에만 두 번이나 연속해서 일어났다. 앞으로 10년을 더 함께 산다 해도 볼 수 있을지 의문이었다.

조금 전까지 보았던 풍경 또한 그것과 마찬가지였다.

평소라면 도심의 불빛 때문에 절대로 볼 수 없었던 밤하늘의 흐릿하게 빛나는 별들, 그것들이 맨눈으로도 선명하게 보였었다. 아마 어지간한 시골이 아니었다면 불가능하리라.

은재와 은하는 한참이나 그 밤하늘을 올려다보았다. 둘의 집중을 깬 것은 어느샌가 들이닥친 먹구름이었다.

조금만 더 있으면 비가 쏟아져 내릴 것 같았기에, 어차피 별들도

가려질 참이니 둘은 기차역으로 돌아왔다.

그리고 깨달았다. 야간에 운행하는 기차는 이제 더 이상 존재하지 않는다.

추적추적 내리기 시작한 비를 막기 위해 은재와 은하는 편의점에서 비닐우산을 샀다. 바람이 불면 쉽게 뒤집어질 듯한 우산이었다.

"지금 몇 시야?"

"응, 잠깐만. 아, 나도 스마트폰 배터리가 다 됐나 봐."

"……."

—같은 대화를 하며 둘은 무사히 고속버스 터미널에 도착했다.

운이 좋게도 10분 뒤에 출발하는 버스가 있었다. 은하는 멀미 때문에 버스 타기를 꺼렸지만, 달리 방법도 없었다.

은재가 준비가 미흡했음을 사과하자 은하는 고개를 저었다.

"있잖아, 갑자기 별은 왜 보러 가자고 한 거야?"

은하가 버스 창문 너머의 어둑어둑한 도로를 바라보며 물었다. 그 시선은 창문을 때리고 있는 빗방울을 보는 것 같기도 했다.

"어렸을 때 약속했었잖아. 언젠가 꼭 보러 가자면서."

은재는 버스 창문에 비친 은하의 얼굴을 바라보며 대답했다.

"그랬었지. 그런데 왜 하필 오늘인지 궁금해서."

은재는 아무 말 없이 따라와 준 은하가 그저 고마울 따름이었다. 그래서 자신의 솔직한 심정을 고백하기로 했다.

"적어도 오늘만큼은 후회 없이 보내고 싶었어. 언제 이런 일상이 끝날지도 모르니까. 우리 둘이 떨어질 날도, 분명히 있을 테고."

그 말을 끝마치고 은재는 작게 하품했다.

"떨어질 날······?"

은하가 고개를 돌려 은재를 바라봤을 때, 그는 이미 깊은 잠에 빠진 뒤였다.

오늘 하루 자신을 신경 써 주느라 분명 지친 것이리라. 은하는 쓴웃음을 지으며 다시 창문 너머를 바라보았다.

"그래도, 지켜줄게······."

그 말을 들은 은하가 고개를 돌려 은재를 쳐다보았다.

—단순한 잠꼬대였다. 은하는 무심코 소리를 내 웃을 뻔했다. 그래도 은재를 깨우지 않기 위해 간신히 억누를 수 있었다.

"나도, 너를 지킬 수만 있다면······."

은하는 잠든 은재의 얼굴을 지그시 바라보며 혼잣말했다.

그의 말에 어떤 의미가 있는지 알 수 없었다. 하지만 은재가 그럴 각오라면, 그녀도 끝까지 따라갈 것이다.

이 세상 어디라도.

"어째서 그 사람과 함께하는 거지?"

"너의 재능이 아까울 따름이네. 차라리 그게 나한테 주어졌더라면······."

"신의 실수구나."

문득 은하는 옛날 생각이 떠올랐다. 그녀와 은재는 어울리지 않는다며, 자신을 회유하려는 시도가 수 없이도 많았다.

그런 사람들의 눈빛은 하나같이 역겨웠다.

그들은 결코 이해할 수 없다.

알고 싶지 않아도 자연스레 알게 된다. 이해하고 싶지 않아도 어느샌가 이해해 버린다. 이것은 신이 인간에게 내리는 일종의 축복이자 저주다.

"―바란 적도 없는데 말이야."

아무에게도 들키지 않게 내뱉은 말은, 입김이 되어 창문에 자그마한 서리를 만들었다.

몸에 새겨진 버림받는다는 공포. 아무리 천재라고 한들, 한낱 3살짜리 어린아이가 받아들일 만한 것은 아니었다.

하지만 은하에게 있어서 그것보다 더욱 무서웠던 것은― 부모가 자신을 보고 느꼈을 공포였다.

소름 끼쳤으리라.

지금 와서 생각해 보면 그 선택이 이해되지 않는 것도 아니었다. 그러나 납득할 수 있을 만한 것도 아니다.

더 이상 버림받고 싶지 않았다. 단지 그뿐이었다.

―슬슬 멀미 기운이 올라왔다. 은하 또한 은재를 따라서 눈을 감았다.

언젠가 그 사실을 알려준다면 그가 얼마나 놀라줄지, 어떤 표정을 지을지를 즐겁게 상상하며.

머지않아 은재는 잠에서 깨어났다. 마치 처음부터 그랬던 것처럼, 그의 곁에는 아무도 없었다.

-1장

어느 날 소녀는 보금자리를 떠났다.

자신이 없어도 소년이 잘 살아갈 수 있다는 확신이 들었기에, 그 동안 미루고 있었던 어른들의 제안을 받아들인 것이었다.

가까웠던 모두에게 떠난다는 사실을 알리지 않았다. 그 이야기를 듣고 소년이 보일 반응을 생각하니, 조금 두려워졌기 때문이다.

얼마 후, 소녀가 갑작스럽게 사라진 것을 깨닫고, 소녀를 찾기 위해 소년은 자신의 발이 닿을 수 있는 곳이라면 어디든지 찾아갔다. 난생처음 가보는 장소도 상관없었다.

……한참을 뛰어다녔다. 하지만 그 어디에서도 소녀를 찾을 수 없었다.

정신을 차려보니 이미 세상에는 까마득한 어둠이 찾아온 뒤였다.

소년은 울음을 터뜨렸다.

―통곡했다. 땅바닥에 주저앉아서 한참을 흐느꼈다.

―후회했다. 소녀가 떠나버린 게, 마치 자신의 탓인 것 같았다.

목이 다 쉬어버리고 이곳이 어딘지, 자신이 무엇을 하고 있었는지조차도 모르게 되었을 때― 어디선가 날갯짓 소리가 들렸다.

그 소리에 고개를 들어보니 자신의 눈앞에서 날고 있는 한 마리의 새가 보였다.

별과 은하와 새가 함께 있는 그 밤하늘의 풍경은 너무나도 아름다워서 소년은 단숨에 시선을 빼앗기고 말았다.

　어느새 바닥으로 내려온 새 또한, 어째서인지 소년과 마찬가지로 울고 있는 것처럼 보였다.

　그리고 그날 밤에 소년과 새는 한 가지 약속을 맺었다.

　도덕, 규칙, 법률 따위와는 비교도 할 수 없는 절대적인 맹약을.

두 번 다시 떨어지지 않기로

3장

　계단을 오르는 소리가 복도에 울려 퍼졌다. 목적지는 고작 3층이었지만, 그 길은 이때까지 오른 어떤 길보다도 멀게만 느껴졌다.

　차라리 엘리베이터가 있었다면— 이라고 성월은 생각했다. 분명 불안과 기대를 느낄 새도 없이 순식간에 자신을 3층까지 올려다주었을 것이다.

　"후."

　성월은 심호흡했다. 그리고 몇 초를 더 망설인 뒤에 초인종을 눌렀다.

　현관문 너머로 발소리가 들리고 이내 문이 열렸다.

　"아, 왔어……?"

은재가 힘없이 성월을 반겨주었다. 성월은 그의 눈동자를 보곤 흠칫 놀랐다.

그 안에는 희망이 없었다. 그저 공허하기만 했다. 혼자만의 시간을 배려해 주는 것보다, 쭉 곁에 있어 주는 게 정답이었을지도 모른다.

"들어와. 조금 엉망이긴 하지만."

"응. 고마워."

성월은 은재를 따라 현관 너머에 있는 거실로 들어갔다. 그리고 또 한 번, 놀라고 말았다.

"미안해. 집이 이런 꼴이라. 저기 있는 소파에 적당히 앉아줘."

소파 위는 물론이거니와 탁자와 식탁, 방바닥조차 멀쩡한 곳이 없었다. 벽에는 형체 모를 무언가가 꽂혀 있었고, 온갖 물건이 부서지고 깨져서 어지럽게 널려 있었다.

간단히 말하자면, 난장판이었다.

"무슨 일이 있었구나."

명백히 이상했다. 얼마 전까지의 은재는 이런 분위기가 아니었다. 하루 사이에 대체······.

"말해도 못 믿을 거야."

은재는 그렇게 말하며 소파에 쓰러지듯 앉았다. 성월도 그를 따라 조심스럽게 옆자리에 앉았다.

"믿을 수 있어."

성월은 은재의 눈을 똑바로 마주하며 말했다.

"—진심이야?"

"당연하지."

당연한 진리를 설파하는 듯한 성월의 대답에 은재는 한숨을 내쉬었다.

이내 잠시 고민하더니 자신이 겪은 일을 입 밖으로 꺼내기 시작했다.

"은하를 만났어."

"만났다니. ―꿈속에서?"

"꿈? 하, 그럴지도 모르겠네……."

은재는 이내 자조 섞인 웃음을 터뜨렸다.

그의 모습이 익숙하게 상대하는 누군가와 겹쳐 보였기에 성월의 몸에 옅게 소름이 돋았다.

"만약 모든 게 꿈이었다면 나는 대체 뭘 하고 있는 걸까. 아무리 진짜 같은 꿈이라도 꿈은 꿈일 뿐인데."

은재는 행복한 꿈을 꾼 듯했다. 은하와 함께하던 일상으로 돌아가는 꿈을.

그렇다면 그것은 필시 불행한 꿈이리라. 닿을 수 없는, 이룰 수 없는 환상을 가지고 눈앞에서 놀리는 꼴밖에 되지 않는다.

"하지만 그 감각은 진짜였어."

"응, 믿어."

성월은 도저히 그를 부정하고 싶지 않았다. 그런 마음은 추호도 들지 않았다.

"네가 하는 말이니까 믿을 수 있어. 아니, 설령 진실이 아니라 해도 믿을 거야."

이것 또한 그녀의 마음에서 우러나온 진심이었다. 한 치의 거짓은 없었다.

─그 말을 들은 은재는 잠깐 아무 반응이 없었다. 그저 화면이 깨진 TV를 바라보고 있을 뿐이었다.

"……은하가 죽은 이유, 알고 있어?"

"과다 출혈이라고 했었지."

성월이 은재가 장례식장에서 해준 말을 떠올리며 대답했다.

"미안. 말이 잘못됐네."

은재가 고개를 저으며 말했다.

"범인이 은하를 왜 죽였는가를 묻고 싶었어."

크리스마스 당일, 길거리 한복판에서 사람을 살해할 정도다. 어지간한 동기가 아니고서야 그런 위험천만한 짓을 저지르지는 않을 것이다.

아니, 그렇다면 오히려 그 반대일 가능성이…….

"행복해 보였으니까."

"─행복?"

성월이 멍하니 되물었다.

"행복해 보였으니까 죽였다, 잡힌 범인은 그렇게 진술한 듯 해."

"그런 말도 안 되는……."

성월이 느낀 바에 따르면 그 둘은 행복함과는 전혀 상관없는 사람들이었다. 과거의 그녀가 실수했다는 사실을 인정해야 했다.

이제껏 무슨 일이 있었는지는 잘 모르겠지만 이것 하나만큼은 확실하게 알 수 있었다.

─은재와 은하의 관계는 결코 연인 따위로 정의할 수 없다. 단순한 연애 감정으로 얽힌 사이가 아니다. 훨씬 더 섬세하고, 복잡하며, 말로 형용할 수 없는 무언가로 이루어져 있나.

설령 신이 둘 사이에 존재하는 '좋아함'이라는 감정을 지워버린다 한들, 관계에는 아무런 변화도 찾아오지 않을 것이다. 누군가가 죽어버리지 않는 이상, 결코 끝날 일은 없으리라.

어긋나 있다. 확실하게. 상호 의존이라는 형태로.

"세상은 우리를 그렇게 본 모양이네."

모든 걸 포기한 듯한 말투로 중얼거리는 은재의 말을 듣고 성월은 굳어 있을 수밖에 없었다.

"너무 그러지 마. 네가 찾아와준 덕분에, 어느 정도 기운을 차릴 수 있었으니까. ……은하라면 모르겠지만. 나 혼자였다면 분명 미쳐버렸을 거야. 고마워."

오히려 은재가 성월을 위로해 주었다. 상황이 반대로 흘러가고 있다.

"하아, 이러려고 날아온 게 아닌데 말이야. 심경이 복잡해졌어……."

성월이 한숨을 내쉬었다.

"일단 뭐라도 마시고 진정하는 편이 좋겠네. 커피면 괜찮을까? 커피믹스이긴 하지만."

은재가 쓴웃음을 지으며 말했다.

"응, 고마워. 잘 마실게."

그 대답을 들은 은재는 주방으로 가서 전기포트에 물을 담아 끓이기 시작했다.

분명 아직 약속을 어긴 것은 아니리라.

그렇다면…….

찬장에서 컵을 꺼내는 은재의 뒷모습을 바라보며 성월이 말하기 시작했다.

"은재 너만 괜찮으면, 내가 여기 있어도 될까……?"

각오는 되어 있다. 말 한마디면 모든 걸 버리고 그의 곁에서 살아갈 수 있다.

"……."

은재는 아무 말이 없었다. 그저 조용하게 커피믹스를 컵 안에 붓고 그 위에 물을 따랐다. 작은 티스푼으로 바닥의 알갱이까지 모두 녹인 뒤, 컵 두 잔을 가지고 거실로 돌아왔다.

조금 전까지 앉아 있던 자리에 도로 앉으며 왼손에 들고 있던 컵을 성월에게 내밀었다.

성월이 조심스럽게 뜨거운 컵을 받아서 들었다. 컵에는 귀여운 별자리 캐릭터가 그려져 있었다.

"이 컵 말이야. 떨어뜨리면 깨질까?"

은재가 대뜸 이상한 걸 물었다.

"플라스틱인 것 같은데, 아마 안 깨지지 않을까? 물론 커피를 쏟으면 큰일 나겠지만……."

성월은 컵을 손으로 이리저리 만져본 뒤 대답했다.

"뭐, 그렇겠지."

—그 말을 끝으로 둘은 조용하게 커피를 마시기 시작했다. 그동안 서로의 얼굴을 바라보지는 않았다.

"커피, 잘 마셨어. 고마웠어."

"응."

성월이 현관문 너머에서 말했다. 은재도 이에 답해 주었다.

"그럼, 언젠가 또 만나자."

"잠깐만!"

은재가 문을 닫으려고 하자 성월이 급하게 막아섰다. 이내 그를 껴안았다.

"—왜 그래?"

갑작스러운 상황에 당황한 기색도 없이 은재가 물었다.

"내가 필요하다는 말 한마디만 해주면, 어디에 있든 뭘 하고 있던 곧바로 너의 곁으로 올 거야. 그냥…… 그것만 알아줬으면 해."

아무리 그래도 바로 올 수는 없겠지만— 이내 성월은 포옹을 풀며 은재에게서 멀어졌다.

"외로워지면 불러야겠네. 민폐일 테니까 그렇게 자주는 못 하겠지만."

은재가 쓴웃음을 지으며 말했다.

"몇 번이든, 시답지 않은 이유라도 상관없어. 진심이야."

"고마워. 믿음직하네. 그럼…… 이번에야말로 잘 가."

"응, 잘 있어."

—띠리릭

도어락이 닫히는 소리가 났다.

그와 동시에 성월은 현관문을 기대고 주저앉았다.

역시 그녀로서는 무리였다. 진심이 그에게 닿지 못했다. 아마도 그는 이제 어떤 방법을 써서라도 시간여행을 할 것이다. 과거로 돌아가서 은하를 구하리라. 비록 그 끝이 해피엔딩이 아닐지라도.

―은하와의 약속을 어겨버렸다. 아무리 지킬 수 없는 약속이라도 약속은 약속이다. 죄책감이 들었다. 하지만 그를 막을 수 있는 유일한 방법은 너무나도 잔인하기만 했다. 목숨의 무게에 짓눌려 평생을 살아가는 방법. 그것을 더 이상 살아 있다고 부를 수 있을까.

이번에야말로 한 치의 거짓 없이 그를 대하길 원했다. 그와 제대로 마주해서 자기 자신을 바라보게 만들고 싶었다.

나는 이미 죽은 사람조차 이길 수 없구나.

"신이시여. 어째서 저희를 이런 지옥에 빠뜨리시나요……?"

돌아왔다. 돌아왔다. 돌아왔다. 돌아왔다. 돌아왔다. 돌아왔다. 성공했다.

그도 그럴 게 이런 거리의 광경은 크리스마스가 아니라면 볼 수가 없다.

코트 바깥 주머니에 들어 있는 스마트폰을 꺼냈다. 혹시 모르니 날짜를 한 번 더 확인했다. 12월 25일이 맞았다.

지체없이 바로 전화를 걸었다.

"전원이 꺼져 있어 삐 소리 후……."

통화 종료 버튼을 눌렀다. 당황하고 있을 시간은 없다. 일단 빨리 그와 만나야만 한다.

"실례합니다! 잠시만 지나갈게요!"

─무리다. 크리스마스만 되면 모이는 이 무식하게 많은 인파 때문에 나 같은 사람이 움직이는 것에는 한계가 있다.

그렇다면.

일단 주의를 끌어야 한다. 그 사람이 살해당한 이유는 '행복해 보여서'였다. 내가 이 자리에 있는 누구보다 행복해 보여야만 한다.

"……!"

소리를 크게 내다 못해 비명같이 되었지만 상관없었다. 이것으로 이목은 충분히 나에게 집중되었을 것이다.

남은 건 그 아이에게 연락하는 일뿐이다. 메시지 앱을 켜서 문자를 타이핑하려고 했다.

　―손이, 떨렸다.

　하아.

　진정하고 집중하자.

　천천히 타이핑을 마치고 전송 버튼을 누른 그때였다.

　몸에 이물질이 들어오는 듯한 느낌이 들었다. 그것은 얼음보다
도 차가웠다. 너무나도 쉽게 옷을 찢고 배를 갈랐다.

　실수해 버렸다. 주의를 경계한다는 게 그만―.

　'아, 죽을지도…….'

　본능적으로 그런 생각이 들었다. 이곳에, 이 정도까지 깊게 찔릴
생각은 없었는데.

　나는 힘없이 바닥에 쓰러졌다. 차가운 눈에 닿아도 정신이 번쩍
드는 일 따위는 없었다.

　의식이 희미해져 갔다.

　흐릿한 시야 속에서 누군가의 얼굴이 보인 듯한 느낌이 들었다.

　아아, 네가 그런 표정을 짓게 하고 싶지는 않았는데…….

　오늘이야말로 전하려 했었다.

　나도――

너에게 닿기를

민사랑

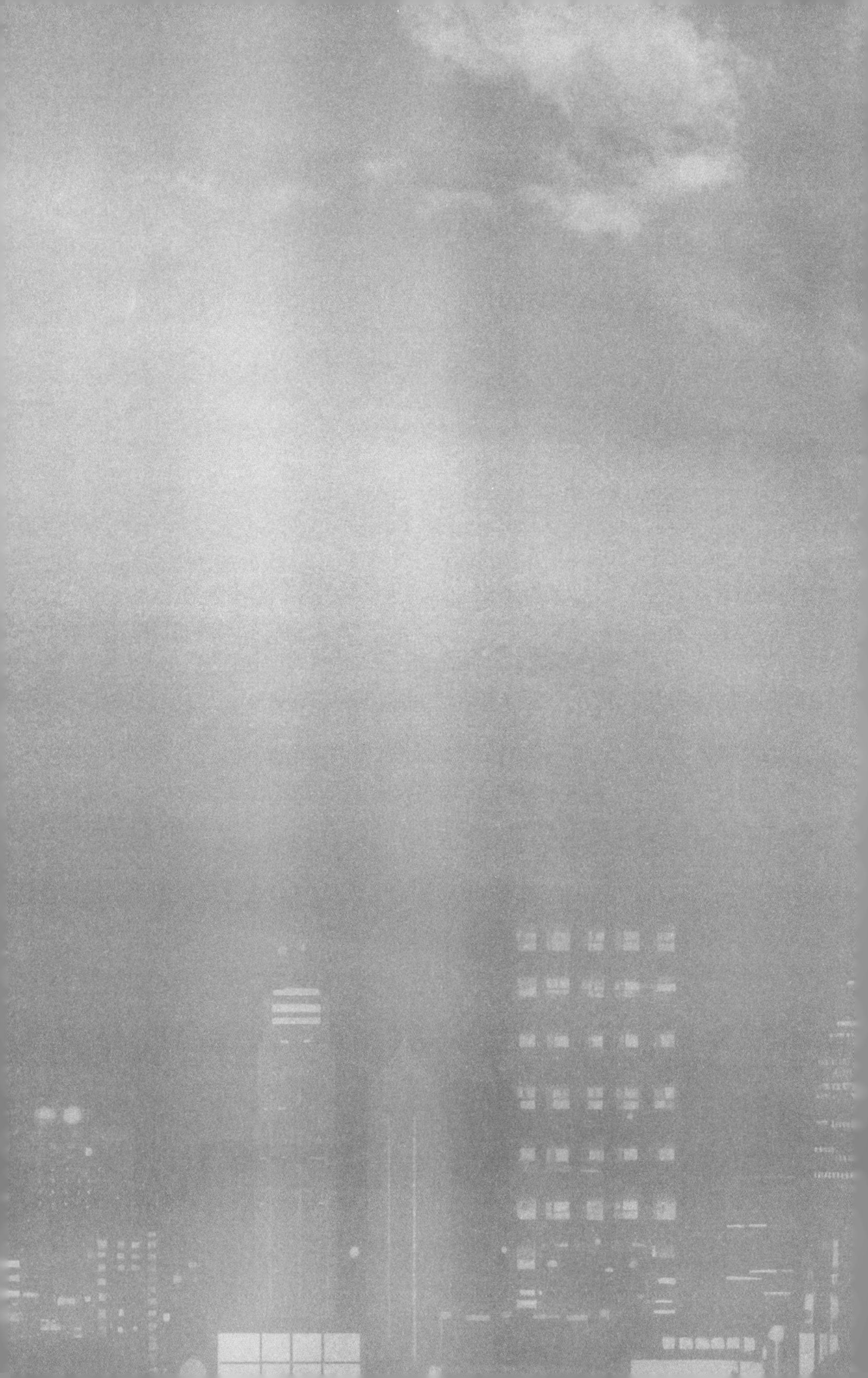

시원한 가을밤, 이런저런 생각에 잠 못 이루는 밤이다. 열여덟 살이라는 어린 나이에 내 친구들은 각자 자신만의 꿈과 목표가 뚜렷해 보였다.

　나는 제과제빵을 하는 그 순간에는 항상 두려울 게 없었으며 이상하지만 사람들은 싫어하는 그 특유의 계란 비린내마저도 나는 좋았다. 하지만 어느 순간부터 밀가루만 보면 마음이 답답하고, 거품기를 손에 쥐면 이상하게 힘이 하나도 나지 않았다.

　다음날 평소와 같이 학원으로 갔다. 마음이 복잡하다는 이유만으로 그만두는 것은 성급하다고 생각했기에 끝까지 힘을 다하기로 했다. 어릴 때부터 같이 제과제빵을 배우며 어느새 단짝 친구가 된 소민이는 아니나 다를까 무슨 일이 있다는 것을 눈치를 챈 것 같았다.

학원 밖으로 나와 무거운 발걸음으로 집에 가는데 속상했다. 나도 내가 왜 이러는 건지 도무지 알 수 없었기에 마음은 답답하기만 하고 집에 가면 엄마 아빠는 다 나만 바라볼 텐데 죄송한 마음뿐이었다.

집에 도착하자마자 방으로 들어와 절대 방문 밖으로 나가지 않았다. 혹시나 엄마 아빠가 알까 두려워 아무 말도 하지 못해 그냥 아무것도 하고 싶지 않았다. 항상 그런 것은 아니지만 너무 열심히 해서 지친 걸까, 무기력하고 무언가 해야 할 힘이 나지 않았다. 미래에 대한 확신 그리고 거울 속 지금 내 자신이 위태로워 보였다.

'딱 5년만. 정말 딱 5년 후로만 갈 수 있다면…'

내일 아침 눈을 뜨면 미래로 가 있지는 않을까 잠깐이었지만 말도 안 되는 생각들로 밤을 지새웠다. 밖에서 걱정하는 엄마의 목소리에 내 마음은 더욱 무너져내리고, 얘기는커녕 얼굴도 볼 자신이 없었다.

당장이라도 엄마한테 안겨 어린아이처럼 엉엉 울면서 내 걱정들을 모두 털어놓고 싶었다. 그치만 엄마가 실망하는 건 더 싫으니까, 혼자 이겨내야만 했다. 그렇게 몇 분을 아니 몇 시간을 울다가 그제야 잠이 들었다.

—

그때 펑 하는 소리와 함께 생일 축하 노래가 들렸다.

"생일 축하합니다. 생일 축하합니다…."

내 생일 하나를 까먹고 있었다니. 정말 바보 같았다.
"누나! 소원 빌고 초 불면 소원이 이루어진대. 속는 셈 치고 한 번 빌어봐."

소원 그게 정말 이루어질까. 나는 잠시 고민하다 두 눈을 꼭 감고 간절히 빌었다. 딱 5년 후로만 가서 미래 내 모습을 볼 수 있게 해달라고. 물론 말도 안 되는 일이지만 그만큼 간절했기에 빌었다.

행복한 생일을 보내고 선물로 받은 향초를 뜯었다. 정말이지 어릴 때부터 내가 너무 좋아하는 향초라 기분이 좋았다.
베이킹 할 때처럼 달달해서 그런 걸까, 이 향을 맡으면서 누워 있으면 그 순간만큼은 아무런 생각도 나지 않았다.
처음 느껴보는 기분에 의심하던 그 순간, 향기가 짙어지며 나는 깊은 잠에 들었다.

—

 낯선 사람들과 학교, 겨우 지난 여름이 또다시 왔다.

 짧지만 상황을 파악해 보니 그러니까 내가 지금 23살, 말도 안 되는 일이지만 간절함이 닿은 걸까. 기적 같은 일이 나에게 찾아왔다. 어디서부터 뭘 시작해야 하는지, 미래 아니 지금에 얼마나 있을 수 있는지 나는 아무것도 모른다.

 '그러니까… 아까 그 언니는 지영 언니고 나랑 같은 제과제빵을 배우고 심지어 학원도 같아. 생각보다 친한 것 같은데 소민이랑은 학교가 떨어져 자주 못 보는 상황인 거지…'

 정말 죽을 만큼 힘들었는데. 원하던 대학교랑 학과에 오게 되어 뿌듯하면서도 다행이라고 생각했다. 시간표에 맞춰서 교수님 수업도 열심히 듣고, 베이킹을 더욱더 열심히 했다. 어른이 되면 어린 날의 나의 걱정들은 다시는 할 일이 없다고 생각했고, 행복한 일들만 남았을 거라고 확신했다. 가끔은 실수하고 다치기도 했지만, 제과 제빵을 하는 그 순간에는 여전히 행복하고 지금 이 순간이 여전히 꿈만 같았다. 가게에서 알바도 해보고, 집에서 혼자 새로운 메뉴들도 만들다보니 밤새도록 울었던 어린 날의 나는 더 이상 보이지도, 볼 수도 없었다.

 심심한 주말에는 항상 언니 가게에 놀러 가 다양한 음료와 디저트를 만드는 방법과 함께, 내 꿈에 더 다가가고 있었다. 열여덟 살에만 고민하면 끝날 것만 같던 꿈을 나는 어른이 되어 또 생각하게 되었다. 제빵은 나에게 있어 소중한 행복과도 다름이 없었고, 무엇보다도 만드는 것마다 결과물이 잘 나오면 누군가에게 나눠주고 싶었다.

예쁜 카페를 차려 내가 직접 음료랑 디저트도 만들고, 다양한 메뉴들도 고민하면서 사람들을 행복하게 해주고 싶다는 생각을 가지게 된 건 처음이었다. 당장은 욕심이라고 생각 할 수 있지만 이번에는 정말 자신이 있었고, 언제까지 있을지도 모르는 미래에서 더 잘해 보고 싶었다.

—

나는 지금부터가 시작이었다. 물론 막막하기도 했지만 주변 사람들에게 많은 도움을 받으며 차근차근 하나씩 해결해 나가고 있었다. 학교나 학원에서 열심히 배운 방법들로 기본 메뉴부터 나만의 비밀 메뉴까지, 하나하나 정성 가득 열심히 계획했다. 사실 이렇게만 말하면 모든 게 쉬워 보이고 간단해 보이겠지만 제과제빵은 몸이 힘든 수업이라 체력으로 인해 많이 지치기도 했다. 그래도 조금 힘들어도 괜찮다고, 처음부터 쉬운 건 그 어디에도 없다는 걸 잘 알고 있기에 처음과 같은 마음으로 끝까지 노력했다.

길다면 길고 짧다면 짧게 느껴질 6개월이 지나고, 드디어 카페 오픈 날짜가 정해지게 되었다. 가족들과 많은 친구들이 도와주고 응원해 줘서 더 자신감을 가질 수 있었다. 당장 내일모레가 오픈이라 열심히 준비한 만큼 잘 됐으면 좋겠다는 마음과 동시에 나의 스물다섯이 끝나지 않았으면 좋겠다는 생각이 들었다. 설레는 마음을 뒤로한 채 하루를 시작했다. 아침부터 청소하고, 기계 다루고, 재료 준비하고 힘든 일이 산더미였다. 하지만 문이 열릴 때마다 언제 힘들었냐는 듯이 손님을 맞이하고 최선을 다해 음식들을 만들었다. 이벤트로 서비스도 해주고 편지와 꽃들을 선물 받기도 했다. 문득 오늘 있었던 일과 감정들은 평생 잊지 못할 것 같고 나중이 되면 사무치게 그리울 것 같다는 생각이 들었다.

빠르게 성공하고 싶으면 남들보다 빠르게 한 걸음 나아가면 된다는 아빠의 말이 오늘따라 가슴 깊이 와닿았다. 길었던 하루가 끝나고 내일도 다음 주도 똑같이 힘들 거고, 고생하겠지만 늘 최선을 다해 일할 것을 다짐하며 바로 잠들었다.

그렇게 다음날도 똑같이 청소하고, 기계 다루고, 재료 준비를 했다. 오늘은 언니가 없는 만큼 내가 더 열심히 해야 하는 상황이라 더 부담되고 긴장됐다. 여전히 사람은 많았지만 어제보다는 확실히 덜했다. 오히려 다행이라는 마음으로 일을 하고 그렇게 내 마지막 주말이 흘러갔다. 일하는 도중 메뉴 실수도 하고 그릇을 깨트리기도 했지만 처음이어서 더 힘들었고 무섭기도 했다. 하지만 몇 번을 넘어져도 다시 일어나려는 마음이 중요하다던 지영 언니의 말이 문득 생각나, 다시 정신을 부여잡고 열심히 일을 할 수 있었다. 어제는 하루가 너무 짧았는데 오늘 내 하루는 이렇게 길어도 되나 싶을 정도로 길게 느껴졌다. 수많은 사람들이 지나가고 어느덧 마지막 손님을 받았다. 그렇게 마감 준비를 하면서 하루를 정리하던 중에 생각했다. 너무 행복하면 이 행복을 누군가 가져 갈까 봐 불안했다. 하지만 걱정도 할 틈 없이 하루가 가고 또 하루가 지나갔다. 반복되는 대학교 생활이 힘들어 지칠 때쯤에 주말이 찾아오고 조금 쉬어볼까 하면 많은 손님들이 찾아와 그렇게 며칠이 아니 몇 달이 흘러갔다.

그렇게 일 년이라는 시간이 지나고 미래에 왔다는 사실도 까먹은 채 살아갔다. 다른 사람은 어떨지 모르겠지만 아직 내가 어려서 일까. 지영 언니는 어떻게 여전히 똑같이 일을 하는지, 나보다 훨씬 더 많이 일을 했는데도 지쳐 보이지도, 힘들어 보이지도 않는 것이 이상해 보였다.

언니한테 묻고 싶었다. 그렇게 할 수 있는 이유가 무엇인지, 지칠 수밖에 없을 텐데 말이다.

오랜만에 언니랑 저녁을 보내고 대화를 나누다 보니 그냥 언니랑 함께라면 뭐든 이겨낼 수 있을 것만 같았다. 그렇게 맛있는 음식들을 먹고 내 고민을 털어놓기 시작했다.

"……."

　한참을 망설이다 고민 끝에 사실은 내가 공부도 하면서 카페 일 하는 게 너무 힘이 들고, 당연히 생각해왔던 일들이지만 그것이 생각보다 너무나도 일찍 다가왔고, 카페 일을 하면서 내가 무슨 생각을 하는 건지도 잘 모르겠다고. 그만큼 일의 중요성과 처음이랑 달라진 내 모습이 너무 낯설고 힘들다고 털어놓았다.

　"채영이 네가 카페 일을 시작할 때 무슨 마음으로 시작했는지 다시 한번 떠올려봐. 나는 오직 돈을 목적으로 빵을 굽고 파는 것보다는 그냥 빵이 아니라 손님들한테 즐거움과 행복을 주는 거라고 생각하거든. 우리는 이 빵을 먹기 위해 기다려야 하는 시간들과 먹었을 때의 그 행복함을. 누군가에겐 기억도 안 나겠지만 다른 누군가에게는 잊지 못할 그런 빵이 될 수도 있으니까 말이야. 그냥 단지 반복되는 일들만 하며 똑같은 하루를 보낸다고 생각하기보다는 오늘은 누구에게 어떤 행복을 줄 수 있을지, 어떤 기억으로 남고 싶은지 중요하게 생각해 보면서 빵을 만들면 좋을 것 같아. 물론 지금이 많이 힘들고 지치겠지만 순간적인 감정들로 인해 네가 그려왔던 그런 순간들을 쉽게 포기하지 않았으면 좋겠어. 그럴 때마다 포기하지 않고 내가 이 일을 왜 시작했고, 내가 무너지면 나보다 더 슬퍼할 부모님을 떠올렸으면 좋겠어."

—

　단지 사람들을 행복하게 해주고 싶었다. 공부는 아무리 해도 내 자신이 만족을 못 하는데 제빵을 할 땐 오븐에서 빵이 나오는 순간도, 열심히 포장해서 내가 사랑하는 사람들에게 나누어주었을 때도, 먹으면서 맛있다고 해주는 순간순간이 너무 소중하고 감사했기에 내가 행복한 것보다는 사람들이 나로 인해 즐거워하고 웃을 수 있다는 게 더 행복했기 때문이다. 완벽하지는 못하더라도 변하지 않는 마음으로 끝까지 최선을 다하는 것 그거 하나로도 충분하다는 것을 깨달았다.

　그렇게 몇 시간을 얘기하고 집에 돌아오니 속 시원하면서도 못 마시던 커피를 마셔서일까, 왠지 모를 노곤함과 함께 눈이 감겼다.

　하나씩 배워가고 깨달아갈 때쯤 희미한 비 소리와 함께 눈을 떴다.

—

　한참을 천장을 보고 누워 있었다. 밖에서 나를 애타게 부르는 엄마의 목소리에 나는 다시 돌아온 것만 같은 느낌이 들었다.
　"얼른 학교 가야지? 어서 일어나."

그 순간 나는 알았다.

'아아, 현실로 돌아온 것 같아.'

그냥 길게만 느껴진 잠깐의 꿈이었을까. 우연인 듯 아닌 듯 고민 상담이 끝난 후 현실로 돌아온 것 같아 다행이었다. 만약에 이 모든 것들이 꿈이라 하더라도 이거 하나는 확실했다. 이번을 계기로 나는 성장했고 꿈에 대한 확신도, 자신감도 얻을 수 있었다. 나보다는 남을 행복하게 해주는 것이 진정한 행복이라면 뭐든 할 수 있을 것만 같았다. 어린 나이에 일찍 카페를 차리는 것은 너무나도 힘든 일이지만, 힘들어서 행복할 수 있는 거라면 언제든 준비가 되어 있었다.

—

별다를 거 없이 미래를 알기 전의 나로 돌아와 지내다 보니 나도 모르는 사이에 마음속 짐들이 덜어진 듯했다.

그런데 처음 보는 얼굴과 목소리에, 왠지 모르게 낯익은 이 기분이 이상하게만 느껴지는 사람이 나타났다.
"안녕."
운명처럼 학원에 나타난 김지영이라는 사람이 정말 지영 언니일 것만 같아서 가슴이 두근거리고 설레었다. 아무도 모르는 현재에서 내가 미래로 간 사실을 모르는 척해야 하는 것도 조금은 답답했지만 우선은 가까워지길 기다렸다.

—

미래에 갔다 온 사실을 들킬까 봐 더욱 조심했다. 조금은 놀랍겠지만 혹시 모를 질문에 미리 답할 얘기들을 생각해두기도 하고, 여전히 당황스러운 질문은 피하기만 했다. 아무 일도 없었다는 듯이 평소와 같이 지내고 있을 때 지영이가 나를 따로 불렀다.

별거 아니고 이거 주려고 우리 앞으로 잘 지내보자는 의미로 지영이의 선물을 받았다. 별게 아니라던 지영이의 선물은 나를 벙찌게 만들었다. 다름 아닌 내가 가장 좋아하는 향초였기 때문이다. 이때 동안의 일들을 생각해 보면 이 향초 덕분에 미래로 갈 수 있었던 것인데 지영이가 선물로 줬으니. 넋이 나갈 수밖에 없었다.

'남은 시간 동안 그때처럼 힘든 일이 생긴다면 나는 고민 없이 이 향초를 뜯을 거야. 그래야만 할 것 같아서'

—

둘은 참 많은 시간이 지나고, 설레는 봄바람들 가운데 채영이의 한숨이 가득한 골목. 그때 기둥 뒤에 서 있던 지영이가 말한다.

"삶의 오점이 인생에 있어 더욱 빛나게 해줄 수 있다는 걸 채영이는 왜 모르는 걸까?"

대통령이 오존에 하는 일

안채원

"대통령님, 정말 오존층이 자연 복구된다고 믿으십니까?"
"그건 또…."

같은 말들을 귀찮게도 꼬치꼬치 되묻던 기자의 질문에 대답하려
던 찰나 안주머니에서 윙- 윙- 진동이 울리기 시작했다.
"아, 잠시만요. 전화가…."

안주머니 속 휴대전화를 확인해 주치의에게 온 전화를 끊고 기
자회견을 계속 이어가려고 했지만, 왠지 받아야 할 것 같다는 느낌
에 마지못해 전화를 받았다.

- 안녕하세요, 대통령님. 지금 한국병원입니다. 따님이 30분 전에 피부암으로 진료를 받으셔서 특실에 계십니다. 입원 수속 문제로 가능한 한 빨리 병원에 와주실 수 있을까요?

"죄송하지만 급한 일이 생겨 오늘 기자회견은 여기까지만 합시다."
"예…? 대통령님."

나는 딸아이가 병원에 있다는 말에 심장이 터질 만큼 뛰었다. 놀란 가슴을 진정시키고 떨리는 목소리로 겨우 대답한 채 서둘러 병원으로 향했다.

초저녁, 병원은 평소보다 더 떠들썩했다. 수많은 의사, 간호사들이 뛰어다니고 의료용 침대가 내 앞을 지나갔다. 나는 서둘러 엘리베이터를 잡고 특실로 올라갔다.

"저기요, 30분 정도 전에 입원한 최단아 환자가 제 딸인데 지금 어디 있습니까?"

간호사는 손가락으로 위치를 가리켰고, 나는 그 방향으로 서둘러 달려갔다. 간호사가 말한 침대에는 링거를 맞고 있는 딸이 보였다.

"피부암이라니. 지금은 괜찮은 거야? 의사 선생님 갑자기 피부암이라뇨, 이게 어떻게 된 일입니까…."

"아, 아빠 뭘 별거로도 아닌 걸 가지고 그래? 쪽팔려."

"보호자님 잠시만 진정하시고요, 따님께서 밖에서 태닝을 하고 계셨다고 했는데 오존층이 파괴된 상태에서 자외선에 과도하게 노출되어 피부암에 걸린 것 같습니다. 잠시 후에 입원 수속을 밟아주시면 되겠습니다."

"아. 예. 감사합니다."

별일 아니라고 생각했던 오존층 파괴가 이렇게까지 위험할 줄 몰랐다. 기껏해야 자외선에 노출되는 거로 살만 탄다고 생각했는데 오존층 뭐 그게 뭐길래 내 딸이 피부암까지 걸린단 말인가?

어느덧 어둑어둑한 늦은 시각 입원 절차를 마치고 딸이 자는 병실로 들어왔다. 환자복을 입고 누워 있는 딸의 모습은 꽤 낯설었고 병원에는 얼마 만에 와보는 건지 익숙하지 않은 소독약 냄새가 코를 찔렀다. 초등학생 이후로는 아픈 적도 없던 아이가 참….

어쩌다 상황이 이렇게까지 변했을까? 오존층이 파괴된 것이 뉴스에선 내 잘못인 것처럼 떠들고 있지만 아니다. 내가 뭘 했다고 수많은 악행을 나한테 뒤집어씌우고 다 같이 손가락질한단 말인가? 이 모든 건 지금껏 이 세상을 망쳐온 지난 사람들의 잘못이 틀림없다.

나는 침대에 누워 있는 딸의 손을 잡은 채 정말 간절히 빌고, 또 빌었다.

"그래도 정말 만약에 10년 전으로, 아니 적어도 5년 전으로만 돌아갈 수 있더라면 내 딸이 이렇게까지 다칠 일은 없었을 텐데…."

맞잡은 딸의 손등에 내 눈물이 뚝- 뚝- 떨어졌다.

"신이 있으시다면, 제발 과거를 다시 살게 해주십시오. 이런 미래가 아닌 새로운 모습을 보여드리겠습니다. 제 딸을 불쌍히 여기시더라도 제발……."

과거로 돌아가게 된다면 딸을 위해 최선을 다하겠다고 다짐하며 눈을 꼭 감았다.

※

언제 잠이 들었던 걸까, 자꾸만 감기는 눈을 겨우 뜨니 내 시야에 낯선 외향의 보좌관이 들어왔다.

"대통령님. 알겠습니다."
"아니 자네가 왜 여기 있는 건가, 씁, 좀 젊어진 거 같기도 하고…?"

분명 마지막에 병원에서 딸의 손을 붙잡고 잠들었던 것 같은데 딸은 온데간데없었다.

"우리 딸은 어디 가고 어째서 자네가 여기 있는 거지?"

혼란스러운 마음을 뒤로하고 내 주위를 쭉 둘러보았다. 커다란 책상에 통유리로 된 창문으로 보이는 한강, 그리고 그 앞에 선 흰머리가 없어진 보좌관 김광철. 그래 이곳은 분명 대통령실이다. 설마?

깜박 깨서 내가 갑자기 이상한 질문을 건네자, 내 앞에 선 보좌관은 의문스러운 표정으로 나를 바라보았다.

"대통령님…?"

"저기 김광철 씨, 저기 지금이 몇 년도죠?"

정말 만약 과거로 돌아온 것이라면,

"올해로 2029년 8월 2일입니다."

2029년, 서울

나는 5년 전으로 돌아왔다. 5년 전쯤이면 딸은 미국에서 유학하러 갔을 때이고 무사히 잘 살고 있을 것이다. 정말 신이 내 소원을 들어주신 걸까?

"대통령님, 그러면 그렇게 처리하시는 걸로 알고 이만 나가보겠습니다."

잠깐만, 5년 전이라면 내가 무엇을 하고 있었지? 김광철의 손에 든 서류뭉치를 보고도 도무지 기억이 떠오르지 않았다.

"예, 일단… 나가보세요."

그 순간 머릿속에 묵혀두던 한 기억의 불이 딸깍 밝혀졌다.

'대통령님, 이 안건은 다시 고려해 보시는 게 좋을 것 같습니다.'
'대통령은 건설을 지금 당장 중단해라!!!'
'We can't be together with you.'

이 사건은 내 이름에 먹구름이 끼기 시작하던 때였다.

    ·

    ·

    ·

"아니 잠시만요. 지금 손에 든 게 뭡니까?"
"대통령님께서 직접 진행하시는 이번 건설 프로젝트 사본입니다."

역시 내 기억이 맞았다. 건설 프로젝트라니. 안 봐도 뻔했다. 5년 전의 행실처럼 되지도 않는 프로젝트들만 막무가내로 몰아붙였을 것이다.
"건설 프로젝트라고요? 지금 진행하고 있는 모든 건설 프로젝트들, 다 중단시키십시오!"

"예, 알겠습니다… 모든 건설 프로젝트를요??"

"무슨 문제라도 있습니까?"

"아닙니다. 그렇게 처리하겠습니다."

공장 한두 개는 남겨둘 걸 그랬나? 터무니없는 생각을 하던 찰나 지저분한 책상 위에 차곡차곡 쌓여있는 종이 뭉치들을 발견했다. 아, 이래서 보좌관이 내 말을 믿지 않았나.

퇴근 후 집에 돌아와 지금까지 내가 저지른 만행들을 살펴보았다.

"국민의 반대에도 공장설립, 생태계 보호지역에 건물 설립…."

다른 나라들과 비교해 봤을 때 자본이 아주 부족해 어린 마음에 공장과 건물들을 마구 설립했던 게 번뜩 기억났다. 지난 일에 후회해 봤자 아무 소용이 없다는 걸 알지만 내 마음이 생각대로 잘되지 않았다.

나는 앞으로 성장할 나라와 끔찍했던 오존층 파괴를 막기 위해 차근차근 앞으로의 계획을 노트에 적어나갔다.

"이대로 잘할 수 있겠지?"

다시 주어진 기회를 허투루 낭비하진 말자. 딸의 건강이 악화하는 상황을 피하려면 미래를 꼭 바꾸어야 한다!

다음날이 밝자 우선 딸이 멀쩡한 상태인지부터 확인해야 했다. 나는 곧장 딸에게 전화를 걸었다.

-연결이 되지 않아 삐 소리 후 소리샘으로 연결됩니다.
역시 외국에서 공부하느라 매우 바쁜가 보다….

두 번째로는 김광철 보좌관이다.
이른 아침임에도 불구하고 몇 번의 신호음도 들리지 않고 곧바로 연결되었다.

"어제 건설 건은 어떻게 됐죠?"
"잘 마무리되었습니다. 근데 갑자기 계획을 철회하신 연유를 여쭈어도 되겠습니까?"
"요즘 환경 문제로 말이 많지 않습니까? 우리도 미리 대비해야지요."

가족 때문이라고 말하면 또 한 소리 듣겠지. 이 말이나 저 말이나 비슷하기 때문에 환경 문제라고 대충 돌려서 대답했다.

뚝―
대통령 집무실 앞에 도착해 자연스럽게 전화를 끊고 들어가려던 때, 아까까지만 해도 고요했던 주변에서 온갖 소음들이 들려오기 시작했다. 주변에 무슨 일이 있다고 생각하고 차 문을 여는 순간 놀랄 틈도 없이 내 머리에서 차갑고 불쾌한 무언가가 흘러내렸다.

"나쁜 놈!! 어떻게 환경 보호구역을 그따위로 만들 작정을 할 수가 있어!"
"대통령님!!"

옆을 슬쩍 보아하니 시위대 중 한 명이 나에게 날계란을 던진 모양이다. 경호원은 아무것도 안 하고 뭐 했는지 내가 날계란에 맞자 그제야 우르르 다가와 내 안위를 걱정하고 앉아 있다. 옛날에 진행하려고 했던 프로젝트는 다 어제 철회시킨 후인데 오늘이 돼서야 계란이나 맞다니…. 어이가 없어서.

나는 머리를 타고 흘러내리는 날계란을 손수건으로 닦은 후 화난 마음을 진정하듯 손을 꽉 쥔 채 시위대의 앞에 섰다.

"여러분들이 말하고자 하는 바는 잘 알겠으나, 자세한 사항은 추후 나오는 기사로 확인해 보시길 바랍니다."

웅성웅성-
내 말을 이해하지 못한 채 격분하는 시위대와 나와 시위대 사이에서 어쩔 줄 모르는 경호원들을 보고 한숨을 푹 내뱉고 가던 길을 걸어갔다.

·

·

·

[대통령, 환경 보호구역 내 공장 건설 계획 전격 철회]

정부가 오늘 오후, 그동안 추진해 온 '녹색산업 발전 프로젝트'의 일환이었던 환경 보호구역 내 대규모 공장 건설 계획을 전격 철회했다. 이번 결정은 계획 발표 이후 지속된 시민단체와 환경 전문가들의 강력한 반대, 그리고 여론의 악화에도 불구하고 정부가 강행 의지를 보여왔던 상황에서 갑작스럽게 이루어져 주목받고 있다. 청와대 대변인은 오늘 브리핑을 통해 "국민의 뜻을 경청하고 환경 보호의 중요성을 재고한 결과"라고 밝혔으나, 야당은 "국정 운영의 일관성 부재"라며 비판의 목소리를 높였다. 한편, 환경단체들은 이번 결정을 환영하면서도 "앞으로의 개발 계획에 있어 사전 환경영향평가와 시민 의견 수렴 과정을 더욱 강화해야 한다"고 촉구했다. 정부의 갑작스러운 태도 변화 배경에 대해서는 여러 추측이 나오고 있으며, 향후 정부의 환경 정책 방향에 대한 관심이 고조되고 있다.

smbs @@@기자

"오늘 발표 난 기사 내용입니다."

어제 처리한 내용이 곧바로 오늘 발표될 줄은 몰라 놀랐지만, 이 뉴스를 보고 앞에 시위대가 어떤 반응을 보일지 궁금했다.

"김광철 씨, 건물 앞에 시위대가 있을 겁니다. 어떤 반응인지 보고 오세요."

김광철 보좌관은 의미심장한 표정을 지으며 나갔고, 나는 놀란 표정으로 시위대가 하나둘씩 떠나고 있다는 소식을 들을 수 있었다.

모두가 퇴근한 날 밤, 나는 깜깜한 대통령실에서 조명을 켠 채로 오늘 나왔던 뉴스를 하나하나 다시 읽기 시작했다.

"누가 쓴 건지 기사 하나는 잘 썼네."

만족스러운 기사에 이만 퇴근하려던 찰나 기사 밑에 작은 글씨로 달린 댓글들이 보였다. 평소라면 절대 보지 않았을 것이었지만 이런 좋은 뉴스에 어떤 댓글이 달려 있을까? 라는 궁금함을 참지 못했다. 당연히 나를 옹호하는 댓글로 가득할 거라는 조그마한 기대를 품고 마우스로 댓글 창을 클릭했다.

익명 1 : 엥;; 내가 알던 대통령 맞으심?

    └ ㅋㅋㅋㅋㅋㅋㅋㅋㅋ

    └ 드디어 정신 차리셨나 보죠

    └ 그러게요 늦었지만 다행입니다.

익명 2 : 이거 믿어도 되는 뉴스임? 또 이상한 거 퍼뜨리는 거 같은데요.

    └ 뭘 ㅋㅋ그렇게 의심하심? 의심병 또 도졌네::

    └ 아니 요새 가짜 뉴스가 얼마나 판을 치는데요

익명 3 : 이러니까 대통령은 믿을 수가 없다. 마음 바뀌면 저 기사도 묻힐 듯?

    └ ㄹㅇ로 갑자기 이러는 게 말이 됨? 저러다 말겠지

익명 4: 앞으로. 대한민국 미래가 밝길…^^

이것들이 다 뭐야? 예상과는 정반대인 댓글들에 말문이 턱 막혔다. 공장을 건설한다는 것도 아니고 공장 건설 프로젝트를 철회하겠다는데 이런 댓글을 쓰는 게 말이 되는가?

나는 내가 언급된 뉴스들을 찾아보기 시작했다. 물론 실질적 목표는 댓글들이었다. 뉴스에는 말도 안 되는 얘기들이 가득했고 덕분에 내 욕이 잔뜩 적힌 댓글들을 읽었다.

"지금 저 짓을 한 게 다 나라고?"

나는 비로소 내가 어떤 횡포를 저질렀는지 몸소 깨달았다. 지난 번의 나는 결코 되돌릴 수 없는 실수를 했고 지구는 무한하지 않았 다. 오존층 파괴로 딸이 피부암에 걸려서 아무리 과거로 돌아왔더 라고 한들 내가 변하지 않는다면 미래도 변하지 않는다.

이 세상은 생각만큼 그리 만만한 것이 아니기 때문이다. 하지만 지금껏 나는 원인인 오존층 파괴를 막을 생각을 한 것이 아니라 오 직 딸의 건강만 생각하고 있었다.

"그래 핵심은 그게 아니지."

나는 과거로 돌아왔고, 우리 모두를 위해서 달라져야 한다. 분명 나부터 달라지기 시작한다면 평화로운 미래로 가는 길이 훨씬 좋 을 것이다.

*

나는 내가 깨달은 모든 것을 잃지 않기 위해 그날 밤 곧장 사비 를 탈탈 털어 환경단체에 익명으로 기부했다. 하지만 내 의도와는 다르게, 국민은 내가 익명으로 환경단체에 기부한 내용에 대해 대 통령이 순수한 의도로 기부했을 리가 없다, 거짓 소문 퍼트리지 마 라. 등의 반응을 계속하였고 나는 내 다짐을 꼭 국민에게 알려주고 자 급하게 기자회견을 잡았다.

기자회견 시작 10분 전, 나는 떨리는 마음을 가라앉히고자 내가 직접 작성한 대본을 쭉 흝어보았다. 그리고 나는 깊은 숨을 몰아쉬고 기자 회견장으로 들어갔다. 카메라 플래시가 눈부시게 터졌다.

"안녕하십니까, 최종환 대통령입니다."

내 목소리가 떨리지 않도록 조심했다. 앞서 터진 뉴스들로 기자들의 눈빛은 날카로웠지만, 수많은 기자 중 내가 어떤 계획을 발표할지는 대부분 알지 못했을 것이다.

"오늘 저는 여러분께 매우 중요한 발표를 하고자 합니다."

나는 잠시 말을 멈추고 기자들을 살폈다. 모두가 노트북을 켜고 내 말을 받아 적을 준비를 하고 있었다.

"저는 지금까지 이 나라를 위해 경제 성장만을 눈앞에 두고 달려왔습니다. 우리나라는 짧은 시간 만에 강대국이 되었지만, 국내 상황은 아직 모자란다고 생각해 대통령에 당선이 된 순간부터 엊그제까지만 하더라도 공장과 건물들을 마구 건설했습니다. 하지만 저는 그 방향을 바꾸어야 한다고 생각합니다."

기자들이 술렁이기 시작했다.

"저는 어제 우연한 기회로 제 행실을 되돌아보게 되었습니다. 그동안 저는 환경을 생각하지 않았고 그 결과 환경오염은 심각한 수준에 이르고 있습니다. 저는 환경보호가 선택이 아닌 필수라고 생각합니다. 오늘부로 환경보호는 우리의 최우선 과제가 될 것입니다."

"대통령님, 질문하겠습니다. 대통령님의 행실늘로 환경이 훼손되었다는 것에 대해 더 하실 말씀이 있습니까?"

기자의 돌발 질문은 예상 질문지에 적혀 있던 질문으로 기자회견의 목적이 되는 말이기 때문에 나는 막힘없이 술술 답변해 나갔다.

"사실 환경 문제와 관련하여 심각한 상황을 맞이하게 된 것에 깊은 사과의 말씀을 드리고자 이 자리에 섰습니다. 저는 이번 사태의 책임을 결코 가볍게 여기지 않습니다. 저의 정책과 판단이 환경에 부정적인 영향을 준 것에 대해 깊은 책임감을 느끼고 있으며 이로 피해를 보았을 국민 여러분께도 진심으로 사죄드립니다. 또한 앞으로 이런 일이 일어나지 않도록 환경 보호에 만전을 다하겠습니다. 제 부족함으로 실망을 안겨드린 점 국민 여러분께 다시 한번 깊이 사과드립니다."

"앞으로의 계획이 어떻게 되십니까?"

"현재 불필요한 개발 건은 모두 철회한 상태이고 피해 지역에 대한 복구 작업을 실시할 계획입니다. 이상 참석해 주셔서 감사합니다."

간신히 기자회견이 끝나고 금방이라도 쓰러질 것 같은 다리를 이끌고 기자 회견장을 빠져나왔다.

"휴… 이번 일로 국민들의 나를 향한 생각이 조금이라도 바뀌었으면 좋을 텐데."

하고 싶은 말과 대답들은 성실하게 완료했지만, 중요한 것은 역시 국민들의 인식이었다. 내 노력에도 민심이 바뀌지 않았으면 어쩌지? 오만가지 걱정들로 머리가 지끈거렸다.

"대통령님, 이번 기자회견 반응을 좀 확인해 보시겠습니까?"

여태껏 언급 한 번이 없던 보좌관 김광철이 슬며시 내게 질문을 건넸다. 저번에 본 반응이 그렇게도 충격적이었나 휴대전화를 받아 댓글 창을 키는 순간까지 자연스럽게 손이 덜덜 떨렸다.

"보시다시피 이번에 대통령님을 응원하는 댓글이 많이 늘었습니다. 대통령님은 좋은 분이시니까 앞으로 올바른 길로 저희를 이끌어 주시기를 바랍니다."

김광철의 말대로 댓글에는 날 응원하는 댓글이 수두룩했고 이건 그토록 내가 바랐던 상황이었다.
지금껏 내가 무슨 짓을 저지른 걸까 내 주변의 좋은 사람들을 두고 횡포만 부리고 앉아 있었다니 감정으로 형용할 수 없는 엄청난

죄책감이 몰려왔다.

"김광철 보좌관, 지금껏 나를 도와주느라 고생이 많았습니다."

눈물 젖은 목소리로 조그마하게 응원의 메시지를 보냈다.

"아닙니다, 대통령님. 저야말로 대통령님을 오해하고 있었습니다. 죄송합니다."

고개를 푹 떨어뜨린 채 사과를 하는 김광철의 등을 토닥여 주었다.

"우리 모두 불필요한 과거는 잊고 미래를 향해서 나아가면 되는 겁니다."

그날 나는 기자회견 후 한참 동안 보좌관 김광철과 말하지 못했던 이야기들을 나누었고, 이는 같은 목표를 가지고 일하기로 서로 다짐하는 계기가 될 수 있었다.

그날이 지나고 나는 그동안 미뤄뒀던 서류들을 확인하느라 몇 달을 지새웠다.

그동안 정말 먹고 놀기만 한 것인지 작성된 서류는 하나씩 부족했고, 서류 내용을 수정할수록 추가되는 서류들의 양은 어마어마했다.

"대통령님, 여기 급하게 처리해야 할 사안이 있습니다."

"대통령님, 서류에 사인 부탁드립니다."

"대통령님, 환경……."

대통령실에서 지겹게 듣는 소리였다.

"어, 그거 여기다 나."

두 달 만에 쌓였던 서류들을 겨우 마무리하고 보좌관이 새로 가져다준 서류 중에서 하나를 뽑은 후 서류를 슬쩍 보고 넘기려는 순간 믿을 수 없는 글씨가 눈에 들어왔다.

"기후협약…? 김광철 씨 제가 기후협약에 가입하지 않았나요?"

기후협약과 관련된 문제는 내가 저번에 계획을 철회하면서 다 끝난 줄 알았는데 기후협약을 지키지도 않고 기후협약에 가입도 되어 있지 않다니?

"아, 처음에는 기후협약에 가입했었지만 7개월 전에 탈퇴하셨습니다."

아니, 어떻게 그럴 수가 있지? 또 과거의 내가 문제였다. 과거의 실수를 또다시 반복할 수는 없었다. 우선, 기후협약에 재가입하는 것이 먼저였다.

"김 보좌관, 기후협약에 지금 당장 가입할 수는 없습니까?"

"외교부에 연락해 보겠습니다."

한 고비를 넘겼더니 다음엔 더 높은 고비가 날 기다리고 있었다는 듯이 닥쳐왔다. 나라도 이 모양이었는데 외교는 또 어떻게 했겠나.

후유-

나는 한숨을 깊게 내쉬었다. 외교부에서 연락이 오기를 기다리는 동안, 나는 과거의 내가 저지른 실수를 하나씩 되짚어 보기 시작했다. 수많은 실수들이 스쳐지나가면서 머리 한 곳에서 쿡쿡 씨르는 듯한 느낌에 눈살을 찌푸리다가 불현듯 국외 정세를 파악하는 것이 먼저일 것 같다는 생각이 떠올랐다. 나는 당장 나라 주변국과의 관계에 대해 생각했다.

"김 보좌관, 우리나라와 주변국들의 관계는 어떻습니까?"

일순간 김 보좌관의 눈빛이 흔들렸다. 김 보좌관이 입술을 달싹거리다가 조용한 목소리로 말했다.

"솔직히 말씀드리자면, 최악입니다. 러시아, 일본과는 환경 문제, 그리고 수출입 문제로 크게 다툰 적이 있고, 동남아 국가들과도 갈등이 있었습니다. 그래서 지금까지도 러시아, 일본과 사이가 좋지 않아 수출 및 수입품도 깐깐하게 검수하고 있습니다."

예상을 한치도 빗나가는 법이 없었다. 역시 그러면 그렇지. 나는 책상을 손으로 짚으며 고개를 숙였다. 머리 한 곳이 다시 지끈거리기 시작했다.

"그 이유가 뭡니까?"

"대통령님께서, 환경 규제를 무시하고 산업 시설을 확장하셨기 때문입니다. 주변국들의 항의를 무시하신 것도 있고요. 또 최근에는 중국과 손을 잡아 러시아와 일본 등 주변국들의 경계를 받고 상황이 더 악화하는 중입니다."

어쩐지 잠깐 본 서류마다 러시아와 일본에 관한 얘기만 쏙 빠져 있었는데 이제야 그 이유를 알 수 있었다. 내쉬는 숨이 무거웠다. 어디서부터 해결해야 할지 감도 오지 않았다.

"알겠습니다. 지금 당장 외교부 장관과 통화를 연결해 주시고 다음 주까지 주변국 정상들과의 회담을 잡아주십시오."

김 보좌관의 눈이 커졌다.

"모든 국가와 동시에 말씀입니까?"

"네, 그렇습니다. 우리가 저지른 실수를 인정하고 새로운 협력 방안을 제시할 겁니다. 환경 문제는 우리 모두의 문제니까요. 우리의 문제를 해결하기 위해서는 잘못된 것을 바로잡고 곧바로 환경 문제에 대한 해결 방안들을 제시할 생각입니다."

전화기를 들고 외교부 장관과 통화하며 나는 생각했다. 이건 시작에 불과하며 앞으로 더 많은 난관이 있겠지만, 포기할 순 없다. 모두 다 내가 저질렀던 일이고 그런 끔찍한 미래에서 벗어나기 위해서다.

외교부 장관과의 전화가 끝나자마자 나는 즉시 내가 생각해두었던 것을 행동으로 옮겼다.

"김 보좌관, 지금 각 부처 장관을 긴급 소집해 주세요. 한 시간 후에, 회의실에서 뵙겠습니다."

갑작스러운 모임에 회의실이 어수선했다. 그 중심에 선 나는 긴장한 목을 가다듬은 후 입을 열었다.

"여러분, 우리는 지금 큰 전환점에 서 있습니다. 지금 우리의 선택에 따라 미래가 완전히 바뀔 것입니다. 그리고 여러분도 기자회견을 보셔서 아시다시피 저는 지금까지의 정책 방향을 180도 완전히 바꿀 예정입니다."

갑작스러운 선포에 장관들의 표정이 하나둘 변했다. 할 말이 있다는 듯 손을 드는 장관과 못마땅한 듯 미간을 찌푸리는 대다수의 장관들을 애써 무시한 채 나는 말을 계속 이어갔다.

"환경부 장관님, 예전에 말씀드린 대로 새로운 환경 정책을 수립해 주십시오."

"외교부 장관님, 지금 강대국인 중국과 손을 잡아 우리의 주변국인 러시아, 일본 간의 사이가 좋지 않습니다. 주변국과의 관계 개선을 위한 구체적인 계획과, 직접 제안할 정책을 몇 가지 추려주시길 바랍니다."

"대통령님, 이런 급격한 변화는 경제에 큰 충격을 줄 수도 있습니다."

나는 깊게 숨을 내쉬었다.

"그렇죠. 단기적으로는 어려움이 있겠지만 장기적으로 보았을 때 이것이 우리 경제와 국민 삶의 질을 높이는 길이라고 생각합니다.

-

주변국 정상들과의 회담 날

나는 외교부 장관이 써 준 관계 개선을 위한 계획을 바탕으로 러시아와 일본에 유리한 정책들과 앞으로 대한민국의 방향에 관해 설명할 종이들을 마구 준비해 갔다.

회담 당일, 나는 긴장된 마음으로 회의실에 들어섰다. 화상으로 연결된 스크린에는 중국, 일본, 러시아, 그리고 여러 동남아시아 국가 정상들의 얼굴이 보였다. 그들의 표정은 대부분 경계심으로 가득했다.

"존경하는 각국 정상 여러분."

"먼저 진심 어린 사과의 말씀을 드리고 싶습니다. 우리나라가 그동안 환경 문제에 소홀했던 점, 깊이 반성하고 있습니다."

무거운 정적이 흘렀다. 다시 말을 이어가야 하나 고민하고 있던 참에 중국 주석이 정적을 깨고 먼저 말을 꺼냈다.

"최 대통령, 갑작스러운 입장 변화의 이유가 궁금합니다."

"우리 모두의 미래가 위험에 처해 있다는 사실을 깨달았습니다. 오존층 파괴는 한 국가만의 문제가 아닙니다. 우리 모든 국가들이 함께 해결해야 할 과제입니다."

일본 총리가 눈살을 찌푸렸다.

"말씀은 좋지만, 구체적인 계획이 있으십니까?"

"네, 있습니다"

나는 준비해 온 제안서를 공유했다.

"우리나라는 앞으로 5년간 GDP의 2%를 환경 보호와 친환경 기술 개발에 투자할 것을 제안합니다. 그리고 이를 역내 모든 국가가 함께하길 요청합니다."

회의실이 술렁였고, 이어서 러시아 대통령이 말했다.

"상당히 과감한 제안이군요. 하지만 경제적 부담이 크지 않을까요?"

"우리가 지금 행동하지 않는다면, 미래에는 더 큰 대가를 치르게 될 것입니다."

그다음 가장 먼저 준비한 정책을 꺼냈다.

"그리고 러시아와 일본에 제안할 정책이 한 가지 있습니다."

회의는 밤늦게까지 이어졌다.

"최 대통령님, 말씀해 주신 정책은 알겠으나 저희 러시아는 그렇게 쉽게 관계를 회복할 생각이 없습니다."

"저 또한 같은 생각입니다. 우리 일본은 아직 대한민국을 맞이할 준비가 되지 않은 것 같네요. 환경 계획은 적극적으로 돕겠습니다만, 따로 말씀하신 제안은 거절하겠습니다."

"네, 넵. 알겠습니다. 갑작스럽게 열린 정상 회담이지만 직접 참석해 주심에 모두에게 감사를 표합니다."

정상회담은 새벽이 되어서야 겨우 끝이 났다. 나는 이번 회의 결과를 무조건 좋다, 나쁘다고 할 수도 없는 노릇이었다. 환경 보호 정책을 실시할 수 있어 오존층 파괴를 막을 수는 있지만, 이 회담의 두 번째 핵심이었던 러시아, 일본과의 관계 회복에 성공하지 못했다. 오랫동안 심사숙고해 온 정책이 거절당할 줄은 상상도 하지 못해 거절의 말을 듣자마자 내 귀가 어디 고장이라도 난 줄 알았다. 그만큼 내가 제안했던 정책은 약간의 손해를 감수하고도 결정한 러시아와 일본에 유리할 수밖에 없는 정책이었다.

"김광철 보좌관… 자네는 내 정책이 어째서 거절된 것인지 아나?"

"감히 제가 무슨 말씀을 드리겠습니까."

김 보좌관은 분명 무언가 알고 있지만 말문을 열려고 하지 않았다.

"그래, 괜히 일부러 말할 필요는 없지."

김 보좌관이 내 정책에서 허점을 발견했으면 분명히 나도 충분히 발견할 수 있을 것이라는 믿음으로 어디서나 눈이 빠질 정도로 정책 내용을 뚫어져라 쳐다보았다.

"도대체 어디가 잘못된 거지?"

하지만 아무리 집중해서 보아도 내 눈에는 마땅히 고쳐야 할 부분은 없었고, 내 안에는 답답함만 수두룩 쌓였다. 대통령은 책상에 놓인 정책 문서를 반복해서 훑어보며, 여전히 해결책을 찾지 못한 채 깊은 생각에 빠져 있었다. 그러나 그럴수록 오히려 문제의 실마리는 멀어져만 갔다.

답답함이 극에 달해 결국 김광철 보좌관을 다시 불렀다.

"김 보좌관, 자네 솔직하게 말해 보게. 이 정책이 왜 거절되었는지 말이야."

김 보좌관은 잠시 머뭇거리다, 결국 천천히 입을 열었다.

"대통령님, 사실 이 정책은 큰 그림에서 문제가 있는 건 아닙니다. 그러나 세부적인 부분에서 약간의 모순이 발견됩니다. 제가 말씀드리지 않은 이유는 대통령님께서 직접 확인하시면 더 좋은 해결책을 찾으실 수 있을 것이라 생각했기 때문입니다."

나는 김 보좌관의 말에 귀를 기울이며 고개를 끄덕였다.

"모순이라… 어떤 부분에서 그런가?"

김 보좌관은 정책 문서의 한구석을 가리켰다.

"여기, 대통령님께서 러시아, 일본에 제안하신 조치들은 개별적으로는 모두 타당하지만, 이 문서에서 언급된 자원의 배분 계획이 다른 계획들과 충돌할 가능성이 있습니다. 예를 들어, 경제 성장을 위해 제안하신 투자 계획과 동시에 수행하려는 복지 정책이 서로 자원을 과도하게 요구하고 있습니다."

나는 문서를 다시 살펴보며 김 보좌관의 지적을 곰곰이 생각했다.

"그래, 그렇군. 자원이 한정된 상황에서 서로 어긋나는 요구를 만족시키는 것은 무리가 있겠지. 자네는 이에 대해 어떻게 해결하면 좋을 것 같나?"

김 보좌관은 신중히 답했다.

"우선 우선순위를 정하는 것이 필요하다고 생각합니다. 지금 당장 실행해야 할 부분과 단계적으로 추진할 수 있는 부분을 구분해, 자원의 효율적 배분을 고려한 새로운 계획을 제안하는 것이 좋을 것 같습니다."

나는 잠시 침묵하다가 미소를 지었다.

"역시 자네 말이 맞아. 역시 급하게 추진하기보다는, 철저히 계획을 세우는 것이 중요하겠지. 다시 이 문제를 논의해 보고, 새로운 방안을 마련하도록 합세"

김 보좌관은 미소 지으며 고개를 숙였다.

"대통령님, 함께 잘해 나가 봅시다. 정말 얼마 남지 않았습니다."

대통령은 마음의 짐을 덜어내며 의지를 다졌다. 이제 그는 새로운 정책을 통해 보다 나은 방향으로 관계를 회복할 수 있을 듯했다.

나와 김 보좌관은 내가 문제점을 인식한 순간부터 빠르게 해결 방안을 찾기 시작했다. 전문가들을 소집해 작업을 시작했다.

"자원의 최적 배분을 통한 지속 가능한 성장과 사회적 안정을 동시에 달성할 방안을 찾아내야 합니다."

경제 전문가들은 투자 계획을 세밀하게 분석하여, 단기적으로 효과가 있는 부분과 장기적 계획으로 미뤄야 할 부분을 구분했고, 복지 전문가들은 국민의 필수적인 복지 혜택이 감소하지 않도록 하면서도, 자원의 효율적 사용 방안을 제안했다.

"우선 긴급하지 않은 복지 항목들을 연기하고, 그 자원을 투자로 돌리는 건 어떨까요?"

김광철 보좌관이 제안했다.

"좋은 생각일세."

또 이 정책이 진행될 시에도 중국과의 협력은 강화하면서도, 러시아와 일본의 관계를 균형 있게 유지하기 위해 다자간 경제 및 안보 협력이라는 새로운 정책도 생각해 냈다.

"김 보좌관, 이번에도 정상회담을 여는 건 아무래도 무리겠지?"

"예. 이번에는 외교관을 믿고 맡겨봐야 할 것 같습니다."

.

.

.

뛰는 발걸음 소리가 복도에 울려 퍼졌다. 대통령의 집무실로 향하는 급박한 발소리는 가까워질수록 소리가 점점 커졌다. 김광철 보좌관은 숨을 고를 새도 없이 빠르게 달려온 듯 거친 숨을 몰아쉬었다.

"대통령님!"

김 보좌관이 문을 열며 급하게 외쳤다. 방 안의 공기가 일순간 무겁게 가라앉았다. 나는 고개를 들고, 심각한 표정으로 그를 바라보았다.

"무슨 일인가, 김 보좌관?"

목소리는 차분했지만, 그 안에는 긴장과 기대가 섞여 있었다.

김 보좌관은 헐떡이는 숨을 고르며 입을 열었다.

"러시아와 일본 양국이 우리의 제안에 응했습니다. 정책에 참여하겠다는 공식 답변이 방금 들어왔습니다!"

"좋아. 이제 우리가 준비한 대로 움직일 시간이네."

#

그동안 우리가 계획한 정책과 노력이 결실을 보기 시작했다. 도시들은 하나둘씩 변화의 물결을 타기 시작했다.

사람들이 자동차와 오토바이 대신 대중교통과 자전거를 이용하며 거리를 누빈다. 덕분에 도시는 한층 더 조용하고 깨끗해졌고, 공해 없는 도로는 마치 새로 태어난 것처럼 활기를 띠었다.

오래된 공장들은 친환경 기술로 재개발되거나 폐쇄되었고, 더 이상 섬은 연기를 뿜어내지 않았다. 서쪽에서 불어오는 미세먼지에 질식했던 하늘은 이제 맑고 투명한 파란색으로 변했다. 그 하늘 아래, 예전에는 빽빽하게 들어선 건물들이 자리했던 땅 위에 푸른 식물들이 자라기 시작했다.

도시는 이제 자연과 조화를 이루며, 사람들에게 새로운 삶의 방식을 선사하고 있었다. 거리를 걸을 때마다 느껴지는 상쾌한 공기와 꽃내음이 사람들의 마음을 편안하게 해주었다. 이 도시에는 더 이상 급한 경적이나 매연 냄새가 없었다. 대신, 자전거 바퀴가 부드럽게 도로를 스치는 소리와 나무 사이를 스치는 바람의 속삭임이 가득했다.

내가 과거로 돌아온 후 고작 4년 만에 변화한 나라를 맞이할 수 있었다. 나는 변화된 도시를 둘러보며, 눈앞에 펼쳐진 멋진 광경에 깊이 감동하였다. 그리곤 푸른 하늘을 바라보며 크게 숨을 들이쉬었다.

후─

나는 깊은 감정에 휩싸였다. 지금 보고 있는 이 평화롭고 깨끗한 도시가 끔찍한 미래와는 얼마나 다른지 절실히 느끼고 있었다.

마음속에는 안도감과 함께 묘한 감정이 교차했다. 마치 잃어버릴 뻔한 무언가를 되찾은 기분이었다. 또 한 번 파란 하늘과 맑은 공기를 느끼며, 내가 지켜낸 이 세계가 얼마나 소중한지를 다시금 깨달았다.

과거의 기억을 떠올리며 생각했다. 만약 자신이 그 끔찍한 미래에서 과거로 돌아오지 않았다면, 이 아름다운 풍경은 절대 존재하지 않았을 것이다. 그곳에서 황폐해진 도시, 검은 연기와 살아가는 사람들의 절망을 목격했었다. 그 미래를 바꾸기 위해 그는 과거로 돌아와 모든 것을 걸고 이 정책들을 추진했다.

나는 고요히 숨을 내쉬며, 내가 선택한 길이 옳았음을 확인했다.

"이제야 우리가 옳은 길을 가고 있다는 확신이 드네. 그 끔찍한 미래를 막아낸 것이 헛되지 않았어."

묵직한 책임감과 동시에 뿌듯함이 가슴 깊이 밀려오는 것을 느꼈다.

장장 2년 만에 국민 앞에 서서 연설했다.

"이것이 바로 우리가 꿈꾸던 미래입니다. 우리가 함께 이뤄낸 변화가 오늘의 도시를 이렇게 바꾸어 놓았습니다. 과거의 어둠을 걷어내고, 밝고 희망찬 미래를 만들어가는 이 길 위에 우리가 서 있습니다. 하지만, 이건 시작일 뿐입니다. 지금의 성과에 안주하지 말고, 더욱 나은 내일을 위해 끊임없이 노력해야 합니다. 우리의 목표는 단순히 깨끗한 도시를 만드는 것이 아니라, 모든 국민이 지속 가능한 환경에서 평화롭고 행복하게 살아가는 세상을 만드는 것입니다.”

국민의 반응은 뜨거웠다. 그들은 자신이 살고 있는 도시가 눈에 띄게 변화하는 모습을 직접 목격하면서, 그 변화가 단순한 정책 발표에 그치지 않고 현실로 이루어졌음을 깨닫기 시작했다. 초록빛 도시에서 거리를 걷는 사람들의 표정에서는 웃음이 넘쳤다.

환호하는 국민의 모습에 이룬 성과에 안도하며, 이제 과거에 남아 새로운 세상을 지켜보며 살아갈 수 있다고 생각했다. 그러나 전혀 예상하지 못한 일이 벌어지기 시작했다.

어느 날, 푸르게 변화된 도시를 거닐다가 갑자기 현기증을 느꼈다. 그 현기증은 점점 심해졌고, 마치 바닥이 사라지는 것 같은 느낌에 휩싸였다. 주변이 일그러지기 시작했고, 공기마저 뒤틀리는 듯한 기묘한 감각이 나를 감싸기 시작했다.

“이게 무슨?”

놀라서 재빨리 균형을 잡으려 했지만, 발밑이 흔들리는 듯했다. 몸이 점점 가벼워지며 서 있던 곳이 서서히 사라지는 것을 느꼈다. 마지막으로 서 있던 공원, 푸른 나무들, 그리고 맑은 하늘이 모두

뒤엉키듯 흐릿해졌고, 나를 둘러싼 공간이 마치 소용돌이 속으로 빨려 들어가는 듯했다.

"아니, 아직 여기서 할 일이 남았는데!"

나는 몸부림쳤지만, 그 힘은 너무 강력했고, 차마 저항할 수 없었다. 시야는 온통 빛으로 가득 차며 눈부시게 밝아졌고, 그 빛 속에서 다시 한번 혼란스러운 감각에 휩싸였다.

현실로 돌아갈 시간이었다.

또다시 #2034년, 서울

어지러운 감각을 느낀 채 잠에서 일어났다. 분명 마지막으로 공원에 갔었는데 일어나보니 나에게 너무나도 익숙한 대통령실 의자에 앉아 있었다.
이게 대체 어떻게 된 일이야? 설마 미래로 다시 돌아온 건 아니겠지?

"대통령님, 보고할 내용이 있습니다."

나는 당황한 마음에 보좌관을 앞에 세워두고 창문을 바라보았다. 미래로 돌아온 후, 처음 본 풍경에 나는 큰 충격을 받았다. 눈앞에 펼쳐진 것은 내가 과거에서 떠나기 전 보았던 그 끔찍했던 장면과 똑같았다. 하늘은 여전히 뿌옇고, 거리는 황폐한 상태로 방치되어 있었다. 나는 내 가슴이 철렁 내려앉는 느낌을 받았다.

"이게 도대체…?"
그 순간, 내 머릿속에는 실패한 것이라는 두려움이 엄습했다.
"모든 게 헛수고였나?"

절망감이 나를 감쌌다. 내가 과거에서 이룬 변화들이 이제 다 무의미해진 것 같은 기분이었다.

하지만 그때 김광철 보좌관이 입을 열었다.
"대통령님, 그러면 보고드리겠습니다."
그의 목소리는 침착했지만, 내겐 그의 말이 한층 더 무겁게 들렸다.
"그래, 상황이 어떤가?"
나는 불안한 마음으로 물었고 내 눈은 보고서에 고정되어 있었다.
김 보좌관은 보고서를 펼치며 차분하게 설명했다.
"환경 복구 작업은 계획대로 진행 중입니다. 대기질은 개선되었고, 재건 프로젝트도 순조롭게 이루어지고 있습니다. 시민들의 반응은 긍정적이며, 특히 대중교통 이용률이 급증하여 교통량이 크게 줄었습니다.”

그 말을 듣고 나는 순간적으로 귀를 의심했다.

“뭐라고? 재건 프로젝트가 순조롭게 진행 중이라고?”

내 목소리에는 놀라움과 혼란이 섞여 있었다.

“내가 본 장면과는 전혀 다르잖아.”

김 보좌관은 의아한 표정을 지으며 고개를 끄덕였다.

“예, 대통령님. 주요 도시들의 녹지화 프로젝트가 성공적으로 시행되고 있습니다. 몇몇 공장 지역은 완전히 폐쇄되었고, 그 자리에 새로운 공원이 조성되고 있습니다. 또한 서쪽 산업 지대의 미세먼지 농도도 급격히 줄어들고 있습니다.”

나는 보고서를 손에 들고 다시 한번 살펴보았다. 각 페이지를 넘길수록, 내 눈앞에 펼쳐진 것은 내가 상상한 것과는 전혀 다른 현실이었다. 황폐한 미래가 아닌, 변화와 회복이 진행 중인 새로운 미래가 보였다.

이제야 비로소 실감했다. 내가 과거에서 이룬 변화들이 실제로 이루어졌다는 사실을. 처음에는 그 결과가 신뢰할 수 없었지만, 보고서의 내용과 시민들의 반응을 보면서 나는 안도감과 기쁨이 함께 밀려왔다.

다시 창밖으로 시선을 돌렸다. 조금 전에 보았던 황량한 도시는 거짓말처럼 사라지고, 그 자리에는 생기 넘치는 사람들의 웃음이 가득한 거리가 펼쳐져 있었다.

"그렇군… 우리가 해낸 거야. 정말 해냈어."
"대통령님께서 노력한 결과입니다."

갑작스럽게 변한 내 행동에 의아할 테지만 나를 위로해 주는 김광철의 따뜻한 마음을 느낄 수 있었다.

그때 잊고 있었던 딸의 안위가 문득 생각났다.
"잠시 전화 한 통만 하러 다녀오겠네."

미래는 바뀌었으니까 괜찮을 거라고 스스로 최면하고 전화를 걸었다.

뚜- 뚜-

한 번 전화를 받지 않자 계속해서 전화를 걸어봐도 수신음만 들릴 뿐 그리운 딸의 목소리는 들릴 생각을 하지 않았다.
혹시 딸에게 무슨 일이 생겼나? 딸의 미래는 바뀌지 않았나? 딸의 전화가 계속해서 연결되지 않자 터무니없는 걱정과 불안에 휩싸였다. 시간이 지날수록 불안감이 커졌다. 몇 년 동안 만나지 못해 그리운 딸의 목소리를 들을 수 없다는 사실이 나를 더 초조하게 만들기 시작했다.
당장이라도 딸의 집에 가서 무사한 것을 확인하고 싶었으나 대통령이라는 직책에 책임을 져야 하므로 퇴근 시간이 되어서야 딸의 집을 도착지로 정하고 차를 몰았고, 도착하자마자 문을 두드리며 초인종을 눌렀다.

띵동, 띵동

잠시 후, 문이 열리고 딸의 얼굴을 본 나는 안도의 한숨을 내쉬었다. 그러나 그 얼굴에는 피로와 걱정이 가득했다.

"아빠, 갑자기 웬일이야?"

딸은 나를 보고 놀라며 물었다.

나는 한숨을 내쉬며 말했다.

"너한테 무슨 일이 생긴 줄 알았지. 전화했는데 걱정되게 왜 안 받고 그래?"

딸은 내 손을 잡으며 안심시켜 주었다.

"아이고, 걱정시켜서 미안해 아빠. 휴대전화 끄고 있어서 몰랐네. 근데 갑자기 전화를 다 했대?"

"전화 한 번 할 수도 있는 거지….."

미래로 와서 간만에 본 딸과 못한 잡다한 얘기들을 하며 뜻깊은 하루를 보냈다.

새벽에 일어나 산책하러 집을 나섰다. 미처 지나가지 못한 밤공기는 차가웠고, 이르게 찾아온 아침 공기는 상쾌했다. 발걸음을 옮길 때마다 신선한 공기가 폐 깊숙이 스며들었다. 한때, 내가 미래로 돌아와서는 이런 경험을 다시 할 수 없을 것으로 생각했던 때가 있었으니, 지금의 이 순간이 더욱 소중하게 느껴졌다.

"미래로 돌아와서는 이런 경험 못 할 줄 알았는데….."

나는 속으로 중얼거렸다. 과거의 기억 속에서, 미래의 찬란한 모습과 끔찍했던 현실 사이에서 끊임없이 고민하던 나 자신을 떠올리며, 그때의 두려움과 걱정이 새삼스럽게 떠올랐다. 그 시절에는 다시 이런 평화로운 아침을 맞이할 수 있을 거라 상상조차 하지 못했던 때가 있었다.

이제는 그 모든 시간이 지나고, 과거의 걱정은 먼 기억 속으로 사라졌지만, 새벽의 이 상쾌한 공기 속에서 과거와 미래의 경계를 넘나들며 느끼는 안도감과 기쁨이 더욱 진하게 느껴졌다.

"이제야 알겠어. 내가 꿈꾸던 미래를 현실로 만들 수 있었던 것, 그리고 이런 소소한 순간들을 다시 경험할 수 있게 된다는 것이 정말 소중한 것이구나."

걸음을 옮기면서, 나는 과거의 나와 현재의 내가 연결된 이 순간의 소중함을 깊이 새기며, 앞으로도 이런 평화로운 일상과 순간들을 소중히 간직해야겠다고 다짐했다.

그후, 나는 다시 집무실로 돌아와 하루 일정을 점검했다. 새로

선보인 환경 정책의 성공적인 결과가 드러난 보고서를 살펴보며, 노력과 결단이 실질적인 변화를 불러왔음을 확인했다. 시민들의 삶이 점차 개선되었고, 도시의 환경이 복구되고 있다는 사실은 그의 마음에 큰 위안이 되었다. 또 김광철 보좌관과 함께 진행 중인 프로젝트를 점검하고, 필요한 조치를 논의했다.

새로운 정책들이 시민들의 생활에 미치는 영향을 평가하며, 개선이 필요한 부분을 세심하게 살펴보았다. 보좌관과의 회의에서는 항상처럼 진지한 표정으로 정책의 실효성과 효율성을 검토했다.

하지만 이제 단순히 문제를 해결하는 것을 넘어, 내가 이룬 미래를 더욱 발전시키는 방향으로 나아가고자 했다. 그는 미래를 위한 장기적인 계획을 세우고, 글로벌 환경 문제에 대응하기 위한 국제 협력 방안을 모색하기 시작했다.

러시아, 일본과의 외교 관계를 더욱 강화하며 이를 통해 전 세계적인 환경 회복에 기여할 방안을 마련했다. 시민들과의 소통을 강화하기 위해 공개 연설을 진행했고, 그 과정에서 시민들의 피드백을 적극적으로 반영하여 정책을 보강했다.

나는 여전히 국민에게 나의 목표를 전달하며, 그들이 변화를 직접 체감할 수 있도록 노력했다.

또 가족과의 시간을 소중히 여기기 시작했다. 소중한 순간들을 함께하며, 가족의 소중함을 다시금 느꼈다. 그동안 일에만 몰두하던 나를 돌아보며, 가족과의 관계를 더욱 발전해 나갔다.

이제 나는 과거에서 배운 교훈을 바탕으로, 자신이 꿈꿨던 미래를 계속해서 발전시키고자 한다.

장래를 더욱 밝고 지속 가능한 방향으로 갈 위한 준비를 마치고, 각종 회의와 정책을 주도하며 국가를 끌어 나갈 것이다.

대통령의 책임을 다하면서도, 매일매일 내가 이룬 변화를 소중히 여기며 삶을 더 가치 있게 만들기 위해 최선을 다했다. 노력으로 변화를 만들어 낸 이 미래가 얼마나 소중한지, 그 과정에서의 고난과 기쁨을 깊이 이해하고 있었다.

2035년 5월 9일

어느새 대통령 임기 마지막 날이 다가왔고, 마지막 퇴근만을 앞두고 있었다.

"이곳과도 정이 들어버렸네요, 퇴근하는 게 아쉽다니….."

"그동안 감사했습니다."

또 마지막 퇴근이라고 김 보좌관이 울먹거리면서 나를 배웅해 주었다.

자동문이 천천히 열리며, 경첩이 미세하게 삐걱거리는 소리와 함께 맑고 부드러운 유리 특유의 쓱- 하는 마찰음이 울려 퍼졌다. 문이 완전히 열리면서 공간 안으로 들어오는 바깥 공기가 살짝 스치며 흐르는 소리가 주변의 고요함 속에서 더욱 뚜렷하게 들렸다.

"대통령님, 안녕히 가세요!"

"그동안 수고 많으셨습니다~"
"우리나라를 바꾸어 주셔서 너무 감사해요"

나는 뒤돌아보며 한 사람 한 사람의 얼굴을 마음속에 담았다. 직원들의 환송을 받으며, 그들의 눈빛에서 느껴지는 존경과 감사를 깊이 새기고 싶었다.

"고맙습니다, 여러분 덕분에 여기까지 올 수 있었습니다."

내 목소리는 감정이 억눌려 떨렸지만, 진심을 담아 마지막으로 그들에게 인사했다.

한 걸음, 한 걸음 문을 향해 걸어가면서 지난 10년의 세월이 주마등처럼 스쳐 갔다. 모든 순간이 쉽지 않았지만, 그 과정에서 이뤄낸 변화들이 나를 자랑스럽게 만들었다. 문턱을 넘어서며, 나는 다시 한번 주변을 둘러봤다. 이곳은 이제 내 인생의 중요한 한 장이었고, 앞으로도 결코 잊을 수 없는 공간이 될 것임을 느꼈다.

라이터

김가현

기이이잉 –

  가구라곤 매트리스와 책상, 컴퓨터밖에 없는 삭막한 셋방. 나는
그곳에서 멍하니 컴퓨터 화면을 응시한다. 영혼까지 끌어모은 나
의 자금을 모두 잃은 마지막 희망, 그러나 희망은 제힘을 못 쓰고
있다.

  매도 적기를 끊임없이 노려보지만, 나의 간절함을 무시하듯 화
면 속 막대는 점점 떨어지고 있다. 마우스가 내 식은땀으로 축축이
젖어 든다.

AK라는 거대 거래소가 이번에 새 비트코인을 냈다는 정보를 들었다. 세계 3대 거래소라고 불리는 곳에서 나온 코인? 이건 수익성은 물론이요, 안정성까지 잡은 것이나 다름없다고 생각하였다. 지금 사는 것이 가장 싸게 사는 것이라며 어설프게 머리를 굴리곤 풀매수를 강행하였다.

사실은 더는 잃을 것도 없다고 생각하고 이번 코인에 사활을 걸었다. 영혼까지 끌어모아 —사실은 대출을 끌어모은 것이지만— 최후의 도박을 건 것이다.

그러나 잃을 것은 더 있었다.
그리고 잃을 것은 매분, 매초 늘어나고 있다.

나의 마지막 희망이었던 AK 코인, 이미 손절매를 뚫은 지 오래다. 코인런이 일어났다고 알음알음 소문이 나며 지난 열흘 동안 코인 가격은 속절없이 내려가기만 하였다. 그래도 찰나의 희망을 품어보길 36시간, 잠을 자지도, 화장실을 가지도 않았다. 오직 컴퓨터 앞에서 36시간 동안 화면 속 그래프들을 바라보았다. 하지만 내 간절함이 무색하게도 코인은 떨어질 줄만 알지, 올라갈 줄 모른다.

그러다 갑자기 막대기가 요동치기 시작하더니, 컴퓨터가 꺼졌다.

.
.
.

어라? 이게 무슨 일이지? 컴퓨터가 너무 과열됐나? 컴퓨터 본체를 만져보니 뜨겁긴 하다. 전원을 다시 켜며 망상 회로를 돌려본다.

컴퓨터가 과열되어서 자동으로 꺼졌나? 사이트에 접속자가 몰려 서버가 다운됐나? 아니면 재반등의 여파 때문에 서버에서 튕겼나?

온갖 망상을 하며 사이트에 재접속한 결과, 코인 가격 하락을 이기지 못한 거래소의 서버가 다운되었다. 아니, 정확히 말하면 부채를 감당하지 못한 기업이 파산을 선포하고 사이트를 터트린 것이다.

그 말인즉슨, 내 돈들이 모두 데이터 쪼가리가 되었다는 것이다.

아, 이 세상이 나를 어디까지 끌어내릴 생각인가. 찰나의 희망을 품은 나의 모습이 어리석음을 넘어 우스꽝스럽다. 도박 중독자와 다름이 없다.

머리를 식히기 위해 주머니를 뒤져본다. 그러나 손에 잡히는 건 바지 주머니에 난 구멍뿐. 나는 그제야 내가 어떠한 상황에 부닥쳤는지 체감한다.

직장 없는 무직 백수요, 비트코인으로 얻은 빚만 3억, 카드론만 4개인 패망 인생이고, 방금의 비트코인 파산 때문에 마지막 기회도 날린 처지임을. 나에게 있는 건 36시간 동안 먹지도, 자지도, 씻지도 않은 비루한 몸뚱어리뿐, 집에는 담배 한 개비도, 라면 한 봉지도 없다는 것을.

멍을 때렸다. 허공을 응시한 채 아무런 생각을 하지 않았다. 아니, 하기가 싫었다. 그렇게 멍을 때리는 와중, 한 통의 메시지가 왔다.

'너 이번에 AK 코인 투자했니? 난 이번에 넣었다고 쫄딱 망했다. 월세 보증금 할 돈도 없어. 내가 너한테 괜히 코인을 하자고 꼬드긴 것 같다. 미안하다.'

아, 선배다. 내가 전 회사에 재직하던 시절, 유능하고 일 처리도 빠르던 선배는 나에게 있어 존경의 대상이었다. 운이 좋게도 선배가 내 이력서를 보곤 자신이 사수하겠다며 선뜻 나서 주었다. 선배로부터 많이 배웠다. 회사의 규칙과 처세술, PPT와 보고서 제작 방법, 인생 교훈, 그리고 비트코인까지.

선배를 생각하니 이렇게 코인 중독자가 된 나의 모습이 너무나도 초라하게 느껴졌다. 직접 사수 자리에 자원해 후배 교육을 열심히 해주었건만, 코인쟁이가 된 후배라니.

인간은 못될지언정 사람은 되자.

바람을 쐬어야겠다. 차가운 밤바람으로 정신을 온건히 깨우고 새 삶을 시작해 보자.

밤바람을 온몸으로 느끼기 위해 찬물로 세수하곤, 옥상으로 올라갔다. 그러나 아이러니하게도 해가 쨍쨍한 한낮이었다. 당연히 밤일 거라 생각했다. 하지만 사람들은 바삐 움직이고 철새들이 무리를 지어 날아가는 모습만 보인다. 생체시계가 고장이 난 것이다. 비트코인에 정신 팔려 암막 커튼으로 스스로를 세상과 단절시킨 나는, 과연 어디까지 추락했는지 온몸으로 느껴졌다.

한낱 미물인 기러기마저 부리를 꾸리고 새 터전을 찾아 이농하건만, 나이 먹을 대로 먹은 나는 지금 무엇을 하고 있는가.

이대로 살면 안 된다는 걸 알면서도 반복하길 몇 년. 나의 인생은 지금 떨어질 대로 떨어져서 더는 추락할 곳이 없구나.

한낮의 거리를 응시하며 깊은 사색을 마쳤다. 나의 조그마한 셋방으로 돌아왔다. 정결해진 마음으로 창문을 열어 환기하고, 간단하게 장을 봐서 냉장고를 채우고, 목욕재계하듯 머리부터 발끝까지 꼼꼼히 씻었다.

마음뿐만 아니라 몸 또한 정결해졌다.

컴퓨터 앞에 앉아 전원을 켰다. 아무것도 하지 않았지만, 식은땀이 손바닥에서 배어 나오고 있었다. 검색 엔진에 들어가자마자 거대 떨어질 줄만 거래소 파산 뉴스로 도배되어 있었다. 숨을 한 번 고른 뒤, 떨리는 손가락으로 마우스를 눌렀다.

'세계 3대 비트코인 거래소 中 AK 거래소 파산'
'10일 만에 날아간 40조 원, 사건의 전말은?'
'AK 비트코인 거래소 파산, 남겨진 개미들에겐 어떤 영향이⋯'

'AK 비트코인, 정말 데이터 쪼가리가 되었을까?'

.

.

.

결국 컴퓨터 전원을 껐다. 현재 상황을 정리하자면 내 마지막 희망이었던 8천만 원은 데이터 쪼가리가 되었고, 카드론 납부 기한은 점점 다가오는 상황이다. 가진 건 아무것도 없고, 갚아야 하는 건 많은 30대 백수인 것이다.

문득 내 처지가 처량하다고 생각했다. 나도 한땐 잘 나갔었는데. 지금은 왜 이럴까.

고등학교 땐 공부를 꽤나 잘했다. 수능 또한 잘 쳐서 좋은 대학에 진학할 수 있었다. 대학 졸업 후, 구직 생활을 1년 만에 청산하고 이름만 들으면 놀랄 정도로 유명한 회사에 입사했다. 운이 좋게도 좋은 선배를 만나 훌륭한 가르침 받고, 가르침을 밑거름 삼아 우수한 실적을 뽑아내 동기들보다도 진급이 빨랐다. 그러나 존경하던 선배가 소개해 준 망상 회로를, 그것이 이 악몽의 시작이었다.

정말 좋은 코인을 안다. 꽤 믿을 만한 코인인데 아무도 모른다. 지금 저점에 매수해야 나중에 한탕 할 수 있다는 선배의 말 한마디에 홀랑 넘어갔다. 존경하는 선배의 말이니 무조건적으로 신뢰했다.

속는 셈 치고 넣어본 100만 원은 어느새 1,000만 원이 되어 있었고, 1,000만 원이었던 돈은 2,000만 원으로 자꾸만 복사되었다. 몇 개월 만에 투자금이 20배로 불어났다.

 그 이후론 일상이 천천히 붕괴되었다.

 하루 종일 코인 생각만 나고, 어젯밤에 찾아둔 유망 코인이 아른거리고, 내 코인이 조금이라도 떨어졌나, 올라갔나에 급급해 근무에 통 집중을 못 하기 시작했다. 부장님께 불려 가 혼나기도 하고, 실적이 떨어져 프로젝트 선발에서 밀리기도 하였다.
 그러던 와중 비트코인을 소개해 준 선배가 퇴사한다는 소식을 알려왔다. 비트코인만 하면 월급이 푼돈으로 보일 정도로 돈을 엄청나게 벌 수 있다. 너도 느끼지 않았냐. 난 회사에 있는 시간이 아까워 퇴사 후 비트코인을 중점으로 재테크를 시작할 것이다.
 선배의 과감한 결정에 깊은 감명을 받았다. 그날 이후 퇴직서를 제출하고 본격적으로 비트코인 거래를 시작했다. 내가 여태껏 모아온 1억 3천만 원을 투자해 8억 원까지 불렸다. 지금 생각해 보면 나는 여기서 그만두어야 했다.

 세간에는 이런 말이 있다. 처음 카지노를 방문했을 때, 가진 돈을 다 잃으면 신이 사랑하는 사람이고, 큰돈을 따면 신이 버린 사람이라고.

 여기서 카지노를 비트코인으로 바꾸면 이 상황은 바로 나의 상황이 된다. 나는 8억이나 얻었는데 왜 그러냐고 묻는 사람도 있을 것이다. 그 질문의 결론부터 말하자면, 나는 비트코인으로 모은 8억을 비트코인으로 모두 날리고 오히려 빚더미에 올랐다.

코인 거품이 빠지기 시작하면서 나의 비극은 시작되었다. 어느 날부턴가 갑자기 코인 가격이 뚝뚝 내려가며 하락장이 펼쳐졌다. 멍청했던 그 당시의 난 이럴 때가 기회라며 코인들을 대량 매수하기 시작하였다. 그러나 코인의 하락은 멈출 줄 몰랐다.
내 돈이 실시간으로 증발하는 걸 보았다. 무언가 잘못됨을 느끼고 돈을 모조리 빼 코인 판을 떠났다.

남은 돈을 적금에 넣고 재취업 준비를 했다. 전 회사와는 비교도 되지 않지만, 나름 괜찮은 조건으로 취업에 성공하기도 했다. 새로운 삶을 살기 시작한 듯 보였으나 코인이 자꾸만 아른거렸다. '월 300 받는 지금 인생, 하루에 300, 아니 3000 이상 번 적도 있는 내가… 조금의 실수 가지고 지레 겁먹어, 이렇게 행동해야 할까?' 라는 생각이 문득 들었다. 그 길로 사직서를 내고 방구석에서 코인만 한 지 몇 개월째. 사실 얼마나 많은 시간이 지났는지 모르겠다 ─

그 이후로의 일이 희미하다. 매일매일 똑같은 코인판을 똑같은 시선으로 바라보아서 그런가. 시간 감각과 현실감각이 현저히 떨어졌다. 과거엔 이러지 않았는데…. 또다시 영광의 과거를 회상하다가 묘한 패배감을 느끼곤 라이터를 찾는다. 책상 서랍 한편에 주홍빛 라이터가 있다. 기차역 근처 좌판에서 급하게 산 라이터, 산 이후 기차에 늦을까 봐 써보질 못했다. 라이터를 보니 담배 생각이 난다. 평소엔 잘 피지 않지만, 스트레스만 받으면 당기는 이유는 무엇일까.

재킷을 뒤져 최후의 한 개비를 찾아낸 뒤, 옥상에 올라간다. 세상만사 원망스럽고, 사람들은 나만 빼고 다 잘 사는 것 같은데 나만 불행한 것 같다. 하지만 이것 또한 어리석음에 대한 업보이니. 성찰하며 옥상에 도착했다.

이번에는 노을이다. 노을이 아름답게 지고 있다. 노을을 응시하며 라이터를 꺼내 들었다.

틱…틱… 기름이 부족한가. 불이 잘 켜지지 않았다. 가까스로 켜낸 조그만 불, 자세히 바라보니 심지 색깔이 이상하다. 원래 불 심지는 파란색이어야 하거늘, 파란색도 붉은색도 아닌 검은색이다. 거 참 신기하다, 기름이 썩었나. 잡스러운 생각들이 뜨문뜨문 올라온다.

그런데 갑자기 조그마한 불이 일렁거리더니 순식간에 몸을 감쌀 정도로 커졌다. 검게 타오르는 불길은 눈 깜빡할 새도 없이 나의 몸을 감쌌다. 뜨겁진 않았다 오히려 차가웠다. 차가운 검은 불꽃이 내 몸을 감싼다. 내 몸이 더 이상 보이지 않는다. 불길은 시야마저 가리기 시작했다.

몇 분 후, 나는 흔적도 없이 사라졌다. 주홍빛 라이터만 놔둔 채.

.

.

.

"으…. 여기는 어디지. "

불길에 사로잡혔던 나는 어느 순간 몸의 자유를 느끼고 주위를 둘러보았다. 그런데 이게 웬걸. 나의 가장 푸릇푸릇하고도 열정 넘쳤던 청년 시절을 함께한 옛 회사 입구이다. 주위 사람들은 분주하게 움직인다. 그사이에 미동도 없이 서 있는 건 나뿐이다. 저들과는 섞일 수 없다는 듯이.

"어이 김 주임, 여기서 뭐 해? 술이 덜 깼나."

누군가가 내 어깨를 잡고 말했다. 놀라서 뒤돌아보니, 선배다. 이게 무슨 황당한 일이라. 바지 주머니에 묵직한 감각을 느끼곤 꺼내 보았다. 몇 년 전에나 썼던 구형 스마트폰, 날짜도 과거로 돌아가 있었다.

"입구라고 여유 부리는 거야? 프로젝트 준비 때문에 요즘 바쁘잖아. 빨리 들어가는 게 좋을걸."

선배의 손길에 떠밀려 건물 안으로 들어갔다. 어리벙벙하던 것도 잠시, 나의 몸이 사원증의 위치를 기억하고 있었다. 가방에서 사원증을 꺼내 입구에서 스캔했다. 경쾌한 효과음이 울리며 내 앞의 바가 올라갔다. 입구를 지나며 묘한 쾌감이 등줄기를 타고 올라왔다.

'아, 내가 다시 돌아왔구나… 잘 니기던 거리이맨의 시절로….'

묘한 감정을 느끼며 사무실에 도착한 후, 과거의 기억과 똑같은 팀원들, 똑같은 자리, 똑같은 프로젝트에 안정감을 느꼈다. 나는 미래를 알고 있고, 미래를 만들어냈던 사람이다. 이 정도의 프로젝트는 눈 감고도 할 수 있다.

그 이후로 난 미친 듯이 업무를 보기 시작했다. 지난 4년의 속죄이며 후회, 미래를 향한 희망이 결합되어 나온 결과였다. 미래에서 본 아이디어를, 래퍼런스를 녹여낸 나의 성과는 주위 사람들에게 인정받았다. 그뿐만 아니라 거래처에서도 나를 높이 평가해 미팅 자리에 매번 나를 초대했다. 뿌듯했다. 남의 돈, 남의 도움 없이 나 스스로 이루어낸 나만의 결과였다.

"요즘 성과가 좋네? 이 속도로 계속 간다면 다음 프로젝트 리더 자리 노려볼 만하겠어."

평소엔 칼 같은 부장님이 웃으며 칭찬을 해주셨다. 지난 4년 동안 코인에 허비한 시간이 희미해질 정도로 기뻤다. 지금, 이 순간을 위해 신께서 내게 시련을 주신 게 아닐까?

아니, 신께선 시련이 아닌 기회를 주신 거다. 나는 내 미래를 충분히 바꿀 수 있다. 하늘도 알고, 주변 사람들도 알고, 나 자신이 제일 잘 안다. 다시는 코인과 같은 헛된 것에 사로잡히지 않으리라 다짐하며 보람찬 나날을 보냈다.

그러나 사건은 반복된다.

"나 이번에 코인 시작했거든? 수익률이 꽤 높다. 너도 해볼래?"

선배가 비트코인을 시작했다. 과거와 똑같이.
솔직히 이 말을 들었을 땐 조금 혹했다. 솔직히 말하면 조금 혹한 정도가 아니다. 그 말을 들었을 때의 난 핸드폰을 들어 올려 앱 스토어에 들어가고 있었다. 그러나 그 끔찍한 시간을 보내고도 혹한 나 자신이 너무 병신 같다는 생각이 들었다. 핸드폰을 내려놓았다.

그러나 그날 이후, 비트코인 거래 사이트가 눈앞에서 아른거리고, 미친 상승세를 보이는 코인 리스트가 머릿속에서 맴돌기 시작하였다. 마치 훌륭한 시간을 거슬러, 4년 전 폐인 인생으로 돌아간 것만 같이.
이런 와중에 선배는 비트코인으로 꽤나 쏠쏠한 이익을 얻고 있었다. 정말 웃기게도 선배에게 반발심이 들기 시작했다.
'내가 선배보다 못한 게 뭐지? 과거에 내가 하루에 몇억을 벌고 있었을 때, 선배는 무리한 투자로 집안을 말아먹고 궂은일을 전전

했잖아. 그런데 지금의 상황은? 미래를 아는 내가 가만히 있는데, 곧 망할 선배가 이익을 얻는다? 이건 아니잖아. 내겐 미래의 지식과 뛰어난 감각, 그리고 실패에서 우러져 나온 노하우가 있어. 이걸 써먹으라고 하늘은 내게 새로운 기회를 준 것일지도 몰라. 그래, 지금은 코인을 시작해야 하는 타이밍인 거야.'

미친 짓이다. 코인으로 인생이 박살 났음에도 불구하고 다시 코인 판에 들어가는 건 자살 행위나 다름없음을 잘 안다.

그러나 내 손가락은 코인 사이트를 향해 있다. 거래소에 접속하여 회원가입을 진행한다.

————

"lighter_'님! STU 비트코인 거래소 가입을 환영드립니다! 앞으로 저희 사이트를 애용하셔서 큰 수익을 얻길 바랍니다."

당연히 성과는 좋았다.
아무렴. 내가 누군데.

미친 듯한 코인 수익으로 재산은 점점 불어났다. 또한 이 코인의 안정성과 피크 가격과 기간을 알고 있으니 하루하루 연연하지 않아도 되었다.

돈은 자꾸만 불어났지만, 나의 마음은 물처럼 평온했다. 회사에서도 얼굴 폈다는 소리를 많이 들었고, 명품 옷과 차를 사고 나가면 항상 사장님 소리를 들었다.

코인 정보를 조금 흘려주면 누구든지 나를 신처럼 받들어 모셨다. 회사 상사들마저 나에게 코인 정보를 알려달라며 빌 정도였다.

21세기 카스트 제도의 최상층에 군림해 있는 기분이 들었다. 평소에는 무섭기 그지없던 상사들도, 나를 무시하는 것 같았던—내 피해망상일 뿐이었지만— 명품관 직원들도, 평소에 알기만 하던 사람들까지 날 보면 설설 기었다. 이게 진정한 권력의 맛인가?

그것뿐만이 아니다.

'라이터'라는 닉네임은 코인 판의 살아 있는 전설이오, 보유 코인 가치만 몇조가 된다는 소문이 돈다. —몇조까지는 아니지만— 천문학적인 가치가 내 통장에, 내 거래소에 잠들어 있다. 떠받들어지며 살길 4년. 저번 생에서는 최악의 시기였지만, 지금은 완전히 바뀌었다. 나는 이 세계의 최강자이고, 이 위치는 변하지 않는다.

아니, 그 위치는 변했다. 정말 안일했다.

"세계 3대 비트코인 거래소인 AK 증권사가 파산하였습니다. AK 거래소는 2년 전, 새로운 비트코인인 AK 비트코인을 선보여 비트코인 시장의 판도를 뒤집었는데요, 아이러니하게도 지난 10일 동안 비트코인 가격이 갑자기 40조 원이나 하락하였습니다. 미국 특파원으로 나가 있는 홍 기자가 전해드리겠습니다…."

뉴스를 보는데, 익숙한 단어가 눈에 띄었다. AK 거래소…. 나의 마지막 희망을 앗아간, 나뿐만 아니라 세계 비트코인 거래자들의 희망을 박살낸. 비트코인계의 버블이 터졌다. 그것도 아주 거대한.

하지만 괜찮다.

나는 이 사태를 대비하여 AK 관련 코인은 거래하지 않았으니. 이 시기가 다가올수록 나는 안전한 코인에만 투자를 해 두었다. 미래를 아는 나만이 할 수 있는 선택. 난 선택받은 사람이니깐.

텔레비전을 끄고 서재로 향한다. 푹신한 의자에 앉으며 생각한다. 과거 이맘때의 나는 8,000만 원을 날리고 빚 3억에 아등바등하던 사람이었다. 하지만 지금의 나를 보아라. 미래의 기억을 바탕으로 천문학적 재산을 쌓아 올렸다. 구질구질한 셋방에서 탈출해 서울 한복판 최고급 아파트에 입주했다. 80층에서 바라보는 한강은 참 아름다웠다. 주차장에는 수많은 슈퍼카들 사이에 나만의 슈퍼카가 존재한다. 과거에는 상상도 할 수 없었던 인생을 새로 써 내려가고 있다.

커피를 한 잔을 내린다. 향기로운 커피 내음새를 맡으며 나에 대한 찬사를 늘어놓는 사람들, 나를 신마냥 떠받드는 개미들, 나에 관한 루머를 지어내는 황색언론들에 관해 생각한다. 세상살이가 참 재밌다고 생각한다.

그렇게 생각하는 사이, 커피 드립백은 제 역할을 다해 천천히 식어가고 있었다. 축축한 드립백 따윈 싱크대에 던져버렸다. 갓 내려진 따끈한 커피에서 김이 모락모락 피어오른다. 커피의 향긋함이 비강을 찌른다. 인생이 이렇게 달콤했던가.

하지만 인생의 달콤함을 느끼길 잠시, 핸드폰이 미친 듯이 울린다. 들여다보니 내 숭배자들, 한 마디로 개미들의 아우성이 핸드폰 속에서 메아리쳤다.

'형이 48코인에 꽤 많은 돈을 넣었는데 이거 어떡하니. 되돌릴 방법 혹시 아니?'

'선배, 잘 지내셨어요? 이번에 AK 거래소 관련해서 질문이 있어요. 회생 가능성은 아예 없는 건가요?'

'사장님, 그동안 평안하셨습니까? 이번에 AK 거래소 사태에 관해 어떻게 생각하시는지 간단한 인터뷰 가능하실까요?'

스팸 같은 연락 메시지만 가득하다. 나중에 천천히 답해주마. 이 몸이 지금 코인을 한 번 확인해야겠거든.

사실은 지금부터의 미래는 모른다. 과거의 난 AK 거래소 파산 이후 한 번도 코인 동향을 보지 않았다. 게다가 라이터의 화염에 휩싸여 과거로 돌아왔으니. 조금은 긴장되는 마음으로 사이트에 접속했다.

———

"아이디와 비밀번호를 입력해주세요!"

ID ; lighter_

PW : _____ "로그인 되었습니다!"

충격적인 그래프가 눈앞에 펼쳐졌다. 하락장인 것은 예측했지만 이 정도로 하락했을지는 감히 상상도 못 했다. 내 코인 가치가 1/3이 꿈결마냥 하룻밤 만에 사라졌다. 이게 무슨 일이란 말인가. 서둘러 평소 애용하는 정보 공유 커뮤니티에 들어갔다.

심황은 생각보다 많이 심각했다. 해외 주요 인사들이 읽혀 있는, 주가 조작 및 코인 조작을 비롯한 여러 문제가 똘똘 뭉쳐 있는 것으로 확인되고 있다.

AK 거래소 게이트인 것이다.

단톡 회원 중 몇 명은 벌써 자신의 코인을 다 털고 판을 떠난 사람도 있었다. 나도 결국 가지고 있는 코인의 대부분을 처리하였다 손실액이 꽤 있지만, 지금 파는 게 제일 비싸게 팔린다며 자기합리화했다.

그 뒤로, 거의 모든 사람과 연락을 끊었다. 그러나 지인들에게만 알려주었던 AK 거래소의 미래에 관한 이야기는 어디선가 계속 흘러나왔다.

"비트코인 판의 탈무드, 닉네임 '라이터'는 사실 AK 거래소 게이트의 핵심 인물이다? '라이터'에 대한 특급 보도!"
"AK 거래소가 붕괴된 이유는 '라이터' 주도하의 주가조작! 그 비인간성 사태에 관하여….'

… 온 세상이 미쳐 돌아간다. 내가 AK 거래소의 유력 인물이며, 내가 코인 가치를 조작했다는 거짓 뉴스가 쏟아져나온다. 어디서 나온 말일까. 사실 어디서 이 거짓말이 시작되었는지는 잘 안다. 내가 신뢰했던, 그래서 약간의 조언을 해주었던 그들 중 하나가 이 말을 흘렸겠지. 나는 그들을 믿고 내가 아는 미래를 살짝 알려준 것이 다인데. 그들은 나의 신뢰가 가벼워 보였나 보다.

사실 그들이 흘린 이야기만으로는 이 소문이 이렇게까지 커지진 않았을 거다. 이 소식을 들은 AK 코인 당사자들이, 네임드인 나에게 덤터기를 씌우는 거겠지. 진실과 사실을 교묘히 섞어.

하루가 허다하고 집 앞엔 쓰레기 같은 사람들이 몰려와 있다. 특종에 정신이 나간 기자와 렉카 유튜버, AK 거래소 게이트 사건으로 모든 것을 잃은 사람 —바로 지난 생의 나 같은—들이 집 앞에 몰려와 난동을 피운다. 내 자동차 번호를 알아내 자동차도 부순다. 심지어 내 주변 지인들에게까지 협박한다. 내 친지들은 물론이요. 친구, 회사 동료에게까지 그 협박은 이어지고 있다. 심지어 선배에게까지 협박이 들어왔단다.

이럴 순 없다. 내가 욕을 먹고, 비판받는 건 그럴 수 있다. 그러나 이 사건과 아무런 관련이 없는 선배에게까지 협박이 들어오다니. 항상 베풀어주시고 가르침을 주셨던 선배에게 드릴 수 있는 것이 렉카 유튜버들의 협박과 스토킹이라니. 죄송스러워 선배를 볼 낯이 없다.

한 달이 지났다. 세간에서는 이 사건을 잊어도, 코인쟁이들은 나를 절대 잊지 않았다. 아파트 앞 어딘가에 노숙자와 비슷한 행색을 한 코인쟁이들이 상주해 있었다. 집 밖을 나가기는커녕, 커튼을 걷기도 어려운 상황이다. 택배를 시켜 올려받는 것으로 구차한 삶을 이어나가고 있있다.

그러던 와중, 내게 선사되었던 기적이 떠올랐다. 주홍빛 라이터의 기적. 나를 과거로 되돌려준, 시간의 아름다움을 알려준, 내게 '라이터'로서의 인생을 선사한 기적.

생각이 나자마자 당장 지하 주차장으로 달려갔다. 자동차에 올라타 차에 시동을 걸었다. 성능 좋은 자동차는 배기관에서 연기를 내뿜으며 미친 듯이 달려갔다. 한밤중의 고속도로, 평온하기 그지없다. 오랜만에 밟아보는 자동차 액셀러레이터가 낯설다. 창문을 내리니 차가운 밤공기가 내 머리를 스친다. 흥분한 내 머리를 식혀주는 것만 같다. 그렇게 도로를 누비길 몇 시간째, 내비게이션이 도착지 근접을 알려준다. 현재 시각은 오전 5시 19분. 서울역은 텅 비어 있다. 가끔 캐리어 굴러가는 소리만 들릴 뿐.
근처 상가에 차를 세우고 카페에 들어간다. 따뜻한 아메리카노를 한 잔 시켜 머리를 식힌다. 다시 생각해 보니 조금 의문이 든다. 그 할머니를 만나 주홍빛 라이터를 다시 사더라도 내가 과거로 돌아갈 수 있을까? 하지만 그 검은 화염이 날 과거로 되돌려놓은 것은 확실하다. 한번 속아본 체해 보자. 성공하면 회귀, 실패해도 담배 한 번 피우는 격 아닌가?

잡생각을 하니 시간은 점점 흐르고, 기차역은 활기를 띠기 시작한다. 커피도 동난 지 오래, 창밖을 멍하니 바라본다. 그때, 허리가 굽은 키 작은 할머니가 달구지를 끌고 온다. 좌판엔 네잎클로버가 가득, 젊은이들은 클로버에 흥미를 느끼고 하나둘씩 모이기 시작한다. 평화로운 아침의 시작, 행운과 함께하는. 그 광경을 멍하니 지켜보다 문득 정신을 차리고 할머니에게로 다가간다.

"안녕하세요, 할머니. 오늘은 라이터 파시나요?"
"응, 바구니에 있소. 한 개에 천 오백 원."
"저기 있는 주홍빛 라이터가 예쁘네요. 저걸로 하나 주세요."

라이터를 산 뒤, 후미진 구석으로 들어가 불을 붙였다. 그런데 이게 웬걸, 그냥 불만 화르륵 타오른다. 내 몸을 덮쳤었던 검은 불꽃은커녕, 활활 타오를 낌새도 없다. 그냥 담배 맛있게 피운 사람이 되었다.
그럼 그렇지. 내가 느꼈던 건 단 한 번뿐의 기적이었을까. 라이터는 똑같은데…. 설마 돛대가 아니라서? 아니면 만원이 아니라 천 오백 원만 내서? 옛날 셋방 옥상이 아니라서?
온갖 복잡미묘한 생각들이 머릿속을 스친다.
그래, 이렇게 좌절에 빠져 있지 말고, 똑같은 상황을 다시 한번 더 만들어 보자.

할머니에게 달려가 만 원짜리 한 장을 더 드렸다. 할머니는 당황해하셨다. 손사래 치는 할머니를 뒤로하고 내 옛 자취방으로 자동차를 이끌었다. 관리자도 없는 허름한 구축 빌라, 새삼 여기서 어떻게 살았지라는 생각하며 옥상으로 향한다. 담뱃갑을 보니 4개의 보루가 남아 있다. 1개의 보루를 집어 든 채, 남은 담배는 곽째로 바닥에 던졌다.

이제 모든 조건을 갖추었다. 만원의 주홍빛 라이터, 단 한 보루의 담배, 구질구질한 옛 자취방 옥상, 그리고 낙담한 나.

라이터에 불을 켜자마자 검은색 불꽃이 일렁이더니 날 감싼다. 그래, 이거지.

.

.

.

"어이 김 주임, 여기서 뭐 해? 술이 덜 깼나."

선배다. 선배의 목소리다.

"아, 어제 늦게 갔더니 좀 피곤한가 봐요."
"정신 차려. 곧 중요한 프로젝트 있잖아. 너 요즘 실적이 좋아서 부장님께서 눈독 들이고 있어~. 이럴 때 치고 나가야 하는 거야."

"알죠, 알죠. 어서 들어갑시다."

돌아왔다. 역시 라이터의 기적은 위대해. 아닌가. 내가 선택 받은, 기적의 사람인 건가. 그 뭐가 되었든 이거 하나만은 확실하다. 난 시간을 되돌아갈 수 있고, 정해진 미래를 바꿀 능력이 있다. 지식도 있다. 다른 사람이 아니라 나라서 이 기적을 누릴 수 있다고 생각한다.

"곧 프로젝트 선발 있는 거 알지? 다들 힘내서 일해보자고. 프로젝트에 선발되어서 성과만 내면, 연말 승진 리스트에 올라갈 수 있는 거 알지? 다들 이 한 몸 불살라서 일해보자. 오늘 하루만 더 하면 주말이다!"

부장님의 전매특허, 금요일 아침 시간 훈화 시간이다. 오늘만큼은 부장님의 훈화가 달콤한 세레나데처럼 들렸다. 오랜만에 들어서 그런가.

컴퓨터를 켜 보니 옛날—지금의 시점으로는 현재형이겠지만—자료가 한가득이다. 내가 정말 열심히 일했던 기억이 오른다. 아니 기억이 아니지. 지금 써 내려갈 미래인 거잖아.

오랜만에 본격적으로 업무를 보니 기분이 묘하다. 지금 생각하니, 이렇게 보람찬 행동 대신 의미 없는 코인 질은 어떻게 했었나. 오랜만에 생산적인 일을 하니 뿌듯할 지경이다. 설레는 가슴을 부여잡고 일하다 보니 어느새 점심시간. 동료들은 하나둘 제 짝을 찾아 식당으로 향한다. 선배 또한 나에게 다가온다.

"평소에도 열심이었지만 오늘따라 더 열정적이네. 프로젝트 선발 때문에 그런가? 네가 밥 먼저 먹자고 말을 안 한다니."

"헉, 벌써 점심시간이에요? 오늘따라 일이 잘되네요. 오랜만에 보고서 초안을 써서 그런가…."

"보고서 초안? 너 초안 만드는 거 싫어했잖아. 무에서 유를 창조시키는 게 제일 어렵다고."

"최근에 좋아지기 시작했어요. 무에서 유를 창조시키는 일 자체가 '생산적'이라는 단어의 정의인 것 같아서요."

"어떻게 회사 일에서 이렇게 즐거움을 찾니. 역시 너는 한결같아서 좋다. 이렇게 성실한 사람을 뽑은 우리 회사는 복 받은 거야~."

"갑자기 왜 이리 띄워 주세요~. 오늘 메뉴 뭔지 아세요?"

"오늘 메뉴? 뭐였지…."

일상적인 대화다. 업무에 관해 이야기를 나누고, 메뉴에 관해 이야기를 나누는. 내가 지독히도 그리워했던. 이런 소소한 행복이 바로 인생의 원동력이라고 생각한다.

"자, 모두 수고했다. 주말 시작이니 집에 가서 푹 쉬도록! 회식은 없다!"

부장님의 말씀이 끝나자, 모두가 기다렸다는 듯 짐을 챙기고 우르르 사무실 밖으로 몰려나왔다. 나는 곧장 집으로 가는 버스에 몸을 올렸다. 사실 선배에게 한잔하자고 할 생각도 있었다. 여태껏 내가 겪어왔던 일들에 대해서. 그리고 선배에게 비트코인을 하지 말라고, 비트코인은 도박과 똑같으니 차라리 그 돈으로 명품이나 사시라고 말하고 싶었다. 그러나 바로 전 삶—삶이라 표현해도 될지 모르겠지만—에서 지인에게 말을 함부로 흘린 대가를 기억해 냈다. 선배를 위해서, 나를 위해서 이 이야기는 하지 않는 게 좋을 것 같다고 판단했다. 그냥 집에 가 생각과 계획을 정리해야지.

흔들리는 버스에 몸을 맡기다 보니 어느새 도착이다. 버스에 내려 오르막을 올라가다 보니 몸에 열이 올랐다. 정장 재킷을 벗어서 어깨에 걸친다. 새삼 지금의 몸이 굉장히 건강하다는 생각이 든다. 이전에서의 몸은 컴퓨터 앞에 앉아 모니터만 바라보는 삶이었다. 첫 번째 삶은 곰팡이 퀴퀴한 셋방에서, 구식 컴퓨터에 의지해 살아 가던 삶이었고, 두 번째 생은 넓은 아파트에서 초조하게 은거하는 삶이었다. 그런 삶으로 만들어진 썩은 몸에서 살다가, 정신과 신체가 멀쩡한 몸이라니. 내 몸이지만 내 몸 같지가 않다. 과거의 난 운동도 꾸준히 하는 참된 삶을 살았었구나. 이때야말로 참된 삶이었는데 난 왜 그걸 몰랐을까.

삶을 여러 번 살다 보면 잡생각이 느는 것 같다. 이렇게 무의미한 잡생각을 하다가 문득 정신 차려보니 옛날 전세방 앞에 도착했다.

오랜만이라 그런지 묘하게 설렜다. 문을 열자마자 향긋한 방향제 향기가 났다. 와, 생각보다 훨씬 더 아늑했구나. 사람 사는 곳

같았다. 비록 전생의 아파트처럼 고급스럽고 넓은 집은 아니지만, 손때가 녹아 있고 사람의 흔적이 남아 있는 아늑한 공간. 선물 받은 방향제 냄새, 친구가 놀다가 실수로 고장 낸 화장실 문고리, 콩기름 냄새가 살짝 나는 주방. 내가 사람답게 살던 마지막 공간이다.

가볍게 씻고 편한 옷으로 갈아입은 뒤, 소파에 누웠다. 15만 원 주고 산 철제 소파. 비록 오래 써 쿠션이 조금 꺼지긴 했지만, 꽤 푹신하다. 소파에 누워 주위를 살펴보니 괜스레 가슴이 울컥해진다. 정말로 과거로 돌아온 게 실감이 나서. 다시는 비트코인을 시작하지 않으리.

꼬르륵─.

배가 울렸다. 그래그래. 활발한 소화기관이라니, 정말 오랜만에 느껴보는구나. 냉장고를 열어보니 마트에서 산 두부와 계란, 콩나물 등 갖가지 재료가 들어 있다. 과거를 청산하고 새 삶을 살겠다는 의미로 두부 요리나 해 먹자.

먼저 밥을 안치고 두부를 꺼내 정갈하게 썬다. 새하얀 두부를 보니 출소자들이 왜 두부를 먹는지 이해된다. 물이 끓길 기다리며 창밖을 본다. 여름이라 그런지 해가 늦게 떨어진다. 아직도 하늘이 노르스름하니 예쁜 주홍색이다. 물이 끓으면 국간장과 다진 마늘, 두부를 넣고 대파와 계란물을 넣는다. 마침, 밥솥에서 김이 뿜어져 나온다. 냉장고를 뒤져 본가에서 가져온 밑반찬들을 찾는다. 식탁

위에 반찬을 놓고, 갓 지은 뜨끈한 밥을 푸고, 뜨끈한 두부 계란국에 후추를 톡톡 뿌린다.

김이 모락모락 올라오는 국을 한 입 먹으니, 식도가 깨끗이 리셋되는 기분이다. 분명 구내식당에서도 밥을 먹었는데, 왜 점심때와 다른 희열이 느껴지는 걸까. 아마도 국의 온도 차 때문일 것이다. 사람들을 기다리다 조금 식어버린 구내식당의 음식 말고 갓 끓인 두부 계란국의 뜨끈함이 나를 희열에 떨게 만드는 것이다.

두부를 한 조각 떠서 먹는다. 몽실몽실한 두부를 입안에서 느끼며 마음이 부드러워지는 것을 느낀다. 몸도 마음도 너덜너덜했는데, 이 한 끼로 치유된 것 같다. 따뜻하다.

밥을 먹고 난 뒤에는 바로 설거지했다. 오랜만에 고무장갑을 끼고, 그릇을 닦고, 흐르는 물에 헹구며 부엌이 정갈해지는 것을 느꼈다. 하늘은 이제야 해가 뉘엿뉘엿 져서 새빨간 노을을 보여준다.

설거지 후 바로 샤워하고, 뽀송한 옷을 입은 채로 핸드폰을 본다. 친구들의 연락이 간간이 있다. 친구라니, 얼마나 소중한 존재인가. 전에는 그 소중함을 잘 몰랐으나, 삶을 2번이나 살고 나니 고독의 치명성을, 친구를 포함한 인연의 소중함을 깨닫게 되었다.

밀린 연락을 읽고 답장을 하니 12시가 훌쩍 넘었다. 내일은 토요일이다. 간단히 청소를 한 뒤, 운동도 할 겸 살살 걸어서 장을 보러 가자. 얇은 여름 이불을 목까지 끌어올리며 생각했다.

벌떡—!

꿈을 꾸었다.

지독한 악몽이었다. 컴퓨터 속 그래프들이 바닥으로 곤두박질치더니 갑자기 컴퓨터가 바이러스에 걸리고, 핸드폰엔 빚 독촉 전화가 미친 듯이 울렸다. 현관문 밖에선 누군가가 문을 미친 듯이 두드렸고, 초인종이 미친 듯이 울렸다. 외시경을 살포시 보니 험상궂은 남성 2명이 화가 난 듯 씩씩거린다. 본능적으로 빚쟁이들임을 자각하곤 손에 송골송골 맺힌 땀을 허리춤에 대충 닦았다. 비상문을 열어 완강기를 꺼낼지 고민하던 찰나에 조폭이 소리친다.

"핸드폰 울리는 거 다 들린다! 문 당장 쳐 열어!"

아뿔싸, 정말 큰일났구나. 손을 벌벌 떨면서 문고리를 잡았다. 문고리는 끼익하며 돌아갔다. 조폭이 현관문 사이로 손을 넣은 그 순간, 꿈에서 깼다.

끔찍한 꿈. 침대가 땀으로 젖어 축축했다. 식은땀으로 끈적끈적해진 몸을 일으키곤 욕실에 들어간다. 차가운 냉수를 머리에 적시며 생각한다. 이것은 다시는 그 실수를 반복하지 말라는 하늘의 뜻인가. 차가워진 머리가 시원하다 못해 아려오기 시작한다.

샤워를 빠르게 하고 나와선 침대 시트를 걷는다. 배게 시트도 벗기곤 세탁기에 몰아넣는다. 달큰한 세제와 섬유 유연제를 칸에 붓고 가동 버튼을 눌렀다. 세탁기는 둔탁한 소리를 내며 돌아가기 시작한다.

청소기를 집 구석구석 돌리고, 밀대로 바닥을 닦고, 선반과 탁자의 먼지를 훔치고, 분리수거를 했다. 반짝반짝 광이 나는 거실을 흐뭇하게 바라보는 찰나, 세탁기 종료음이 울려왔다. 세탁기에서 빨래를 꺼내 건조기에 하나하나 걸었다. 구슬땀이 송골송골 올라 왔다. 가벼운 외출복을 입고 집 앞 마트로 향했다. 냉면 밀키트와 맥주, 계란 한 판, 껌 한 통을 간단히 담곤 계산대로 향했다. 종량 제 봉투에 물건들을 담고 마트를 나와 집으로 향했다. 여름의 저녁 노을이 길가를 은은히 밝혀주고 있다.

현관문을 벌컥 열자 은은한 섬유 유연제 향이 코끝을 살짝 스쳤 다. 기분 좋게 마르고 있는 빨래 때문이라. 냉장고에 급하게 장거 리를 넣어놓고 간단히 샤워한다. 씻고 나온 후, 물을 끓이고 메밀 면을 넣는다. 메밀면이 완전히 익으면 건져내 찬물에 씻고, 계란을 냄비에 넣어 다시 끓인다. 메밀면 위에 냉면 육수를 붓고, 오이를 간단히 썰어 올린다. 삶은 계란은 껍데기를 까 절반으로 자른다. 냉면을 다 만든 뒤, 시원해진 맥주를 꺼내 한 입 마신다. 목젖을 치 고 지나가는 탄산이 짜릿하다. 냉면을 크게 한 젓가락 집어서 후루 룩, 먹는다. 뭔가 부족하다. 아, 겨자. 겨자가 부족하다. 급하게 찬 장을 뒤져보지만 남자 혼자 사는 자취방에 그런 게 있을 리 전무하 다. 약간은 아쉽지만 지금도 맛있다. 냉면을 후룩후룩 삼킨다.

배는 부르고, 약간 알딸딸하게 취했다. 창밖은 새까매져서 도시 의 불빛이 잘 보이는 감성적인 밤이 되었다. 이게 뭐람. 심적인 여 유가 생기니 감성까지 즐기는 사람이 되었나. 나 자신이 조금은 웃기다. 내가 나라서 웃긴지, 인간이라서 웃긴지 잘 모르겠다.

내일 하루도 이렇게 평화롭게 흘러가겠지. 모레도, 글피도 이렇게 평화롭게 흘러가겠지. 잔잔하고 즐거운 나날, 자각하고 있지 못했지만 지금 돌이켜보니 이때가 가장 행복했었다. 지금의 행복과 안정감에 감사하며 ─누구에게 감사하는진 모르겠지만─ 눈을 감는다.

낙엽이 떨어지는 계절, 가을이 되었다. 지난 1년 반 동안 독일 반도체 회사와 컨텍을 진행해 꽤나 큰 규모의 계약도 따내고, 대기업과 함께 진행하는 공동프로젝트의 책임자 자리도 꿰차며 안정적으로 삶을 영위해나갔다. 물론 이번 겨울, 연봉 협상 직전 승진 후보 명부에는, 나의 이름 석 자가 올라가 있을 것이 분명하다. 회사 동료들의 부러움을 받고, 부장님으로부터의 신임을 받으며, 친구들과도 건전한 친목을 이어나갔다. 코인에 빠졌을 때완 전혀 다르게 흘러갔다.

그러던 어느 날, 한 통의 전화가 걸려왔다.

"우리 아들, 잘살고 있지?"

오랜만에 걸려온 엄마의 전화다. 어딘가 어두운 목소리로 나의 안부를 묻는 엄마, 무슨 일이 있는 걸까.

"응, 잘살고 있지. 엄마야말로 목소리가 왜 그리 어두워. 무슨 문제라도 있어? 아빠가 자꾸 사고 쳐?"

"아니 그런 건 아니고, 외할머니가 밭에서 구르셔서 다리가 부러지셨어. 급하게 수술을 해야 하는데 500 정도가 필요하대. 우리 아들, 돈 좀 보태줄 수 있을까?"

"뭐? 할머니는 괜찮으시고? 나 적금 든 거 있으니깐 바로 보내줄게. 엄마 계좌로 보내면 돼?"

"응, 농협 계좌로 넣어주면 고마울 것 같아. 정말 고맙다, 아들… 아들 덕분에 내가 산다 살아. 자식한테 줘도 모자랄 판에 받기만 하다니….""

"아냐, 엄마. 돈 바로 보낼게. 나중에 또 연락줘. 몸 건강히 지내고."

"응, 아들 고맙다…. 나중에 아들 좋아하는 간장게장 많이 담가 놓을게."

"응, 엄마도 몸조리 잘하고. 들어가."

전화를 끊고 급하게 온라인 은행 앱에 들어갔다. 통장 잔고는 간당간당 30만 원이 다였다. 적금 계좌에 들어가 보니 입사 후 5년 동안 알뜰살뜰 모은 3800만 원이 다였다. 코인 하기 전에는 돈이 별로 없었구나— 생각을 하며 적금을 깨곤 엄마 계좌로 600만 원을 송금했다. 외할머니 수술비와 엄마 용돈 100만 원 더해서. 망나니 아버지 때문에 힘든 삶을 산 우리 엄마, 얼마나 힘드셨는데 이런 상황에서도 자식 생각이라니. 어머니께 효도하지 못한 저번 생들이 파노라마로 스쳐지나가며 후회가 들었다. 어서 돈 벌어서 효도해드려야 하는데. 어서 승진을 해 성과금으로 엄마 핸드백이나 사드려야지.

승진 생각을 하니 회사 일이 불현듯 생각났다. 결국 노트북을 꺼내 들고 잔업을 하기 시작했다. 딸깍, 딸깍…

외할머니의 수술이 무사히 끝나고,

"김 주임, 이번 공동프로젝트 성과가 매우 뛰어나. 입사 때부터 지금까지 훌륭한 성장을 보여주어서 매우 뿌듯하네. 신입사원들의 귀감이 되고 있어. 그래서 이번 연말에 자네의 승진을 내가 적극적으로 어필해 보겠네."

"정말입니까? 감사드립니다, 부장님! 부장님의 신임을 받다니 더할 나위 없는 영광입니다!"

"그래그래, 김 주임. 근데 승진 확률을 올리기 위해선 조금의 준비물이 필요해."

"아, 혹시 준비물이 무엇입니까?"

"이번에 승진을 관할하시는 분이 세 분 계신다. 그분들에게 간단한 성의를 보이면 되는 일이야. 성의야 한 번만 보여드리면 되지만, 승진한 후 지위와 월급은 평생 가는 거지. 안 하려면 안 해도 되지만, 옆 부서의 주 대리가 이번 승진을 위해 한 분당 천만 원을 준비한다고 하더군. 물론 자네의 성과가 더 뛰어나지만, 세 분들의 마음을 사로잡는 것 또한 중요해. 잘 생각해 보고, 마음을 표현하고 싶으면 나에게 말해줘. 세 분들과 널 연결해 줄 게."

"아, 정말입니까? 알려주셔서 감사합니다. 저도 약간의 성의를 표현하고 싶은데, 확답은 월요일에 드려도 되겠습니까?"

"그래그래, 천천히 연락 주게. 그럼 난 이만…."

부장님은 대화가 끝난 후, 탕비실을 홀연히 나가셨다.

뒷돈이라, 평소 생각지 않던 주제였는데, 이렇게 갑자기라니… 원래 승진할 때 뒷돈을 내는 건가? 아님 대리하고 차장은 직급의 격이 달라서 그런가? 그런데 이천만 원… 가뜩이나 적금한 돈도 없는데, 최근 외할머니 수술로 인해 목돈도 좀 빠졌다. 하지만 향후 내 미래를 위해선 승진이 간절하다. 지금 이 시기가 아니면 언제 승진의 기회가 올지도 잘 모르겠다. 주 대리가 천만 원… 세 분이니깐 삼천만 원… 적어도 나는 천오백 이상은 해야 괜찮지 않을까. 하… 지금 삼천이백 정도 있으니 천삼백만 어떻게든 마련하면….

머리가 지끈지끈 아파온다.

결국 오후 내내 집중하지 못하자, 선배가 나에게 괜찮냐며 말을 걸어왔다.

"김 주임, 괜찮아? 오늘 퇴근하면 술 한 잔 할까? 고민 들어줄 게."

"아, 선배님. 고민 들어주실 수 있으세요? 저야 정말 고맙죠."

"그래, 퇴근하고 같이 삼겹살이라도 먹으러 가자."

역시 선배다. 항상 세심하고 주위를 살피는 착한 사람. 이런 선배도 뒷돈을 주고 올라가셨을까? 궁금해졌다. 뒷돈을 자각하고 나니, 평소 존경스럽게 보이던 상사들도 뒷돈을 냈을지 궁금해졌나.

아, 지금은 업무 시간이다. 잡생각을 떨쳐버리고 싱가포르 거래처에서 온 연락이나 확인해 봐야겠다.

"다들 수고했다. 어서 집에 가도록. 오늘은 칼퇴야, 칼퇴."

6시가 되니 어김없이 부장님의 목소리가 들려왔다. 꽤나 열려 있는 우리 부장님. 사람 좋은 웃음을 지으며 부원들에게 칼퇴 하라고 외친다.

"그럼, 우리는 고기나 먹으러 가볼까?"

선배가 내 어깨를 툭툭 치며 말했다. 오랜만에 같이 먹는 저녁이니 선배도 즐거울 것이다.

평소와 같이 삼겹살집에 도착해 삼겹살 3인분과 소주 한 병을 시켰다. 서비스 된장찌개가 먼저 나오고, 두툼하게 썰린 고기가 접시 가득히 담겨 나온다.

"오늘은 걱정이 많은 후배를 위해 내가 너만의 일일 요리사가 되어주지."

선배는 웃으며 집게를 들어올려 불판에 고기를 올렸다. 고기는

치이익 소리를 내며 불판 위에 올라갔다. 나와 선배는 시시콜콜한 이야기만 나눴다. 회사일이니, 친구 결혼이라느니, 사회적 이슈가 문제이니 아니니…

　이야기를 나누며 먹다 보니 배는 부르고, 알딸딸하게 취기가 돈다. 취기를 빌려 물어보고자 자세를 고쳐 앉았다. 사뭇 심각해 보이는 내 모습을 보곤 선배의 표정도 진지해졌다.

　"선배, 제가 이번에 승진 명단에 올랐다는 소식을 전달받았어요. 정말 기쁜 일이죠. 그런데 옆 부서 주 대리도 이번 명단에 함께 있다네요. 전해 듣기론 주 대리는 삼천만 원 상당의 '간단한 성의'를 준비할 예정이랍니다. 비록 주 대리보다 저의 성과가 뛰어나지만, 윗분들은 성과보다는 '간단한 성의'를 좀 더 좋아하시지 않을까요. 저도 '간단한 성의'를 보여야 되는 거겠지요."

　"아, '간단한 성의'라… 나도 그런 걸 준비하긴 했었지. 그런데 내가 승진할 당시에는 쟁쟁한 경쟁자도 없고, 주 대리처럼 빡세게 준비한 사람도 없어서 천만 원 조금 안 들게 준비했었는데. 몇 년 만에 금액이 왜 이리 뛰었지?"

　"그러게나 말입니다. 게다가 저번에 외할머니 수술비에 보태느라 적금도 꽤 많이 까먹었는데, 갑자기 급전을 어디서 마련하죠? 승진을 위해 대출까지 받는 건 좀 아닌 것 같고, 지인에게 빌리자니 꽤 큰 금액이라 망설여지고… 주 대리가 한 분 당 천만 원, 세 분 합쳐 삼천만 원 준비한다니 저는 한 분당 천오백 정도는 하고 싶어요. 그러면 사천오백 정도가 필요한데, 수중에 삼천이백 정도는 있습니다."

"천삼백만 준비하면 되겠네. 여차하면 내가 빌려줄까? 이번에 적금이 하나 만기 돼서 목돈이 생겼거든."

"아니요, 선배한테 가뜩이나 받은 게 많은데 돈까지 빌리려니 염치가 없는 것 같습니다. 이럴 땐 대출이 답이겠죠?"

"대출은 집 살 때를 위해 아껴놔야지. 아니면 비트코인은 어때? 내가 이번에 비트코인을 접하게 되었는데 수익이 꽤나 쏠쏠해. 혹시나 하고 오백 정도 넣어놨는데 한 달 만에 팔백으로 늘었어. 타율이 꽤나 괜찮지."

"비트코인… 말씀하시는 겁니까…? 요즘 그런 게 유행한다고 들었긴 했다만…."

"그래, 22세기의 화폐라고도 불리는 바로 그 비트코인이지. 너도 같이 해볼래? 내가 자세히 설명해 줄게. 좋은 성장 리스트도 공유해 줄도 있어. 정보통이 하나 있거든. 아, 그리고…."

선배의 말이 귀에 들어오지 않았다. 선배의 비트코인 시작이 이때쯤이었나. 선배는 비트코인 거품이 절정을 찍기도 전에 파산하고 마는데. 무슨 코인에 물려서 파산했던 걸로 기억하는데. 선배를 막을 방법은 없을까?

신이 나서 떠들던 선배는 걱정스러운 내 얼굴을 보곤 놀란 듯이 물었다.

"왜 그래, 몸이 안 좋아? 하긴 조그만 성의라니 충격받을 법도 하지. 아니면 비트코인이 충격이야? 괜찮아. 생각보다 위험하지 않

아. 평소 네 성격이라면 충격받을 법도 하지. 그런데 생각보다 안전하고 수익도 괜찮으니까 한 번 해봐."

"아, 정말요? 무슨 코인이 좋나요. 아니, 코인 투자는 어떻게 하는 건가요. 코인 관해선 하나도 몰라서…."

"그래? 내가 친절히 알려주마. 일단 여기 계산하고 2차로 조용한 곳에 가서 이야기하자. 여긴 너무 시끄럽다."

"그게 좋겠네요. 여기는 제가 사겠습니다."

"뭘, 큰돈 나갈 일 생긴 후배한테 얻어먹는 거, 자존심 상한다. 승진하거든 맛있는 거 사줘. 아직은 아니다."

선배는 호탕하게 웃으며 계산했다. 그리고 2차로 간 바에서 선배의 1비트코인 강의를 순순히 들으며 선배의 정보를 들었다. 선배가 정보통에게서 얻은 정보는 영 꽝이었다. 이 정보들을 맹신한 선배, 괜히 파산한 게 아니다. 그렇게 선배의 비트코인 이야기를 듣고, 선배가 사주는 술을 마시며 생각했다. 적당한 정보를 흘려주어서 파산만큼은 막겠다고.

술에 거나하게 취한 선배를 택시 태워서 집에 보내고, 나는 술도 깰 겸 걸어서 집에 갔다. 가는 동안 미래를 생각했다. 1~2주만 코인해 돈을 바짝 불리고 접겠노라고. 올해 겨울에 대박 터지는 코인을 알고 있으니 거기에 투자해 돈을 불리고 접으면 괜찮지 않을까? 아찔한 상상을 하며 집으로 걸어가길 한 시간, 새벽 2시에 집에 도착했다. 은은한 방향제가 날 반겨준다. 신발을 대충 벗고 거실 바닥에 널부러진다. 내일 출근해야 하는데. 졸린다.

지잉— 지잉—

핸드폰이 울린다. 비몽사봉 눈을 떠보니 해가 쨍쨍하다. 순간 잘
못됨을 인지하고 핸드폰을 켜서 시간을 본다. 8시 42분. 지각이다.
급하게 씻고 옷을 갈아입으니 9시 3분. 핸드폰앱으로 택시를 잡는
다. 웬일인지 택시가 빠르게 매칭되었다. 급하게 1층으로 내려가
택시를 탄다.

"아이고~ 지각하셨나 봐. 근데 오늘 공휴일에도 출근하는갑
네?"

"네? 공휴일이요?"

"아니 청년, 오늘 한글날이잖아. 10월 9일 목요일. 날짜를 착각
하셨어?"

핸드폰을 켜서 급하게 달력에 들어간다. 9가 빨간색이다. 공휴
일인 것이다.

"아…. 오늘이 공휴일이었군요. 그 죄송하지만 목적지를 회사가
아니라 아무 공원으로 바꿔주실 수 있나요?"

"그럼 자네는 공원이라도 가서 머리를 식히는 게 좋겠어. 혼란스
러운 표정이야."

그 뒤론 택시 기사님과 시시콜콜한 이야기를 나누며 근처 공원

으로 향했다. 친절하신 기사님은 에너지 음료수를 한 병 주시며 응원의 말씀을 해주시곤 홀연히 떠났다. 달콤한 음료수를 목구멍으로 넘기며 공원을 응시했다. 어린이들이 웃으며 뛰어놀고, 부모들은 아이들을 흐뭇하게 바라보며 담소를 나누고 있었다. 평화로운 가정. 나도 저렇게 안정적인 가정을 꾸리고 싶다. 그러기 위해선 안정적으로 직장에 자리잡아 돈을 모으는 게 최고겠지. 천삼백만 원만 준비하면 된다. 전생에서 가장 수익률이 높았던 코인을 산 뒤 이 주 동안만 불리면 되는 것이다.

결심했다.
코인을 다시 하기로. 이 주 동안만.

핸드폰을 들었다. 메시지 앱에 들어가 선배에게 연락을 남겼다.
'어제 많이 드셨는데 몸은 괜찮으세요? 저는 방금 일어났네요. 간밤에 생각을 해보니 코인 한 번 해볼려구요. 지금이 아니면 다시는 안 올 기회 같아서요.'

핸드폰을 주머니에 넣곤 급하게 택시를 잡았다.

집으로 급하게 돌아가 정결하게 몸을 씻었다. 더러운 먼지와 숙취가 싹 내려가는 게 느껴졌다. 씻고 나온 후, 컴퓨터의 전원을 가장 먼저 켰다. 익숙하다 못해 아예 링크를 외우고 있는 그 사이트에 오랜만에 들어갔다.

———

"아이디와 비밀번호를 입력해주세요!"

ID : lighter_

PW : _____

"없는 아이디입니다! 다시 시도해 주세요!"

아, 맞다. 이번 생에선 아직 회원가입을 하지 않았구나. 얼마나 청렴한 삶인가. 어차피 저번 생에서 큰돈을 벌게 해 준 아이디, 또한 내 삶을 다시 깨워준 불꽃에서 모티브를 따왔으니 재수옴 붙을 것도 없다. 그래서 과거의 아이디 비밀번호 그대로 회원가입을 하였다.

———

"'lighter_'님! STU 비트코인 거래소 가입을 환영드립니다! 앞으로 저희 사이트를 애용하셔서 큰 수익을 얻길 바랍니다."

오랜만에 보는 인터페이스다. 이즈음에는 초승달 이미지가 박힌 코인이 유행했다. 한 괴짜 공학자가 만든 코인으로, 수십 개월 동안 무시만 받다가 어느 순간 미친 듯이 상승했다. 그러나 여러 논란이 터지며 폭삭 가라앉았다. 무슨 논란인지는 기억이 잘 나지 않지만, 지금이 매수타이밍이란 건 안다. 떨리는 손가락으로 돈을 충전하고 살 수 있는 만큼의 코인을 풀매수했다. 더 이상 그래프는 보기 싫어서 당장 컴퓨터를 껐다. 창밖을 봤다. 맑고 푸른 하늘에 구름이 동동 떠 있다. 시원한 가을을 더 느끼고 싶어졌다. 옷을 간단히 챙겨입고 집 밖을 나섰다. 쾌청한 하루다.

"코인 새내기 김 대리, 그거 들었어? 정체불명의 고양이 코인이 어제부터 갑자기 상승했어. 봐봐, 벌써 240%를 넘겼어. 비록 아직 금액은 작지만 이 정도 상승률이라면 개미들이 몰려올 거라고."

"아, 선배. 그거 저도 샀어요."

"뭐? 언제 그렇게 앙큼한 짓을 했대."

"코인 사이트에 가입하니깐 주는 이벤트 머니로 뭘 투자하지 보고 있었다가 고양이가 귀여워보여서 매수했어요. 근데 이렇게까지 뛰다니, 첫 코인부터 운이 좋네요."

"운이 그냥 좋은 게 아니라 미친 듯이 좋은 거지. 행운의 사나이인걸. 이 기세로 며칠만 지나면 천삼백은 무슨, 일 억이 찍힐 거야."

"하지만 그 전에 폭락하면 어떡하죠? 살짝 무섭네요. 역시 코인 같이 변동성이 큰 투자는 저랑 살짝 안 맞을지도…."

"하지만 김 주임, 집에 가서 인벤토리에 들어가 보라고. 찍힌 수익만 보면 그런 마음이 쏙 들어갈걸. 김대리 운이 좋아. 나도 한 번 넣어볼까?"

"선배님 원하시면 넣어보세요. 지금도 쭉쭉 올라가는 거 보면 기세도 좋은 것 같은데, 아직까진 떨어질 기세가 안 보여요."

"그래야겠다. 김 대리의 행운 나눠 받기라! 고기값으로 딱 좋네."

"네? 아니죠, 선배님. 제가 승진해서 소고기 꼭 사드릴게요. 기다리고 계세요. 이렇게 퉁치면 후배 섭섭합니다."

싱글벙글 대화를 나누는 사이, 외근 나가셨던 부장님의 목소리가 복도에서 울리기 시작했다. 전화를 하시나 보다. 나랑 선배는 조용히 자리에 앉아 업무를 보기 시작했다. 부장님께는 그냥 오늘 말씀을 드려야겠다.

12시 30분, 사람들은 슬슬 점심을 먹으러 이동한다. 메뉴를 보니 전복죽에 고등어구이다. 해산물 특식인가. 그러나 부장님은 해산물을 좋아하시지 않는다. 옳다꾸나, 부장님과 밖에서 밥을 먹으며 이야기를 드려야겠다. 나는 부장님께 살며시 다가갔다.

"부장님, 오늘 점심 뭐 드실 건가요?"

"오늘은 구내식당 메뉴가 별로라 국밥이나 먹으려고. 왜 그런가?"

"저번에 말씀드렸던 '조그만 성의'에 대해 드릴 말씀이 있어서 그렇습니다."

"아, 그거? 점심 한 끼 같이하며 이야기 나누세. 괜찮은가?"

"저야 완전 좋죠! 부장님과 함께 한 끼 할 수 있다니, 영광입니다."

"하하하! 내가 이래서 김 대리를 좋아해. 메뉴론 돼지국밥, 괜찮나? 특대자로 시켜줄게."

"탁월한 메뉴 선택이십니다~ 부장님께서 평소 좋아하시는 이가네 국밥으로 가실 건가요?"

"당연하지. 자네 내가 어디 국밥을 좋아하는지도 아나? 꽤나 기쁜데. 역시 김 주임이야."

"하하, 저야 영광이죠."

부장님과 이야기를 나누며 국밥집으로 향했다. 구수한 증기가 뿜어져 나오는 국밥집의 문을 열자 뜨거운 열감이 얼굴에 훅 들어왔다.

"여기 특대로 2개 주세요!"

익숙한 듯 소리치는 부장님께 시원한 물을 한 잔 가득 따라드렸다. 부장님은 목이 마르셨다는 듯 꿀꺽꿀꺽 삼키시더니 함박 웃음을 짓는다.

"김 주임, 내가 김 주임 아끼는 건 잘 알지? 자네같이 유능한 젊은이 찾는 건 하늘의 별 따기야. 그런데 자네에게 이런 상황이 오는 게 안타깝네. 자네 능력으로만 해도 충분히 올라갈 수 있는데, 주 대리가 힘을 많이 썼어. 그래도 난 자네가 잘 해낼 수 있을 거라고 믿네. 그래, 그래서 어떻게 하기로 했나."

"저는 한 분당 1500씩 하기로 마음먹었습니다. 지금 목돈 마련을 위해 힘쓰고 있어요. 곧 목표에 도달할 수 있을 거라고 생각합니다."

"뭐? 너무 많은 힘을 들이는 게 아닌가. 주 대리랑 똑같이 1000만 해도 괜찮을 듯한데, 자네가 힘을 너무 많이 쏟는 것 같아 염려가 되네."

"괜찮습니다. 기왕 낼 거, 큰 차이를 내면 좋은 평가를 받을 수 있지 않을까요."

"그것도 맞긴 하지만…. 정말 무리하는 거 아니지? 아무리 승진에 관련된 문제라고 하지만, 세 분 합치면 4500일세. 자네가 여태껏 모은 목돈 모두 들어가는 게 아닌가."

"하지만 저의 미래를 생각하면 이편이 낫다고 생각했습니다."

"그래, 똑 부러진 자네가 그렇게 생각했다면 그런 거지."

"특대자 2개 나왔습니다. 뜨거워요."

타이밍 좋게 국밥이 나왔다. 근심 가득하던 부장님의 얼굴에 미소가 돈다.

"김 주임, 어서 들게."

"네, 부장님. 잘 먹겠습니다."

아무런 대화 없이 국밥 먹는 소리만 가득했다. 부장님은 어느새 넥타이를 풀어헤치고 국밥을 전투적으로 먹고 있었다.

특대자는 너무 많고 니글거렸다. 하지만 부장님이 은근히 내 뚝배기를 보는 게 느껴졌다. 남길 수 없었다. 결국 출렁이는 배를 부여잡고 꾸역꾸역 고기와 국물을 넘겼다.

"역시 국밥은 여기가 최고라니까. 김 주임, 커피도 먹을 테야?"

"커피는 제가 사겠습니다, 부장님."

"김 주임 가뜩이나 돈 들어갈 곳 많은데 내가 사달라고 할 인간으로 보이는가."

"하핫, 사주신다면 감사히 먹겠습니다."

결국 아이스 아메리카노까지 손에 들고 회사로 돌아왔다. 따뜻하고 노곤한 오후 업무의 시작이었다. 부장님의 기대를 저버릴 수 없다는 마음으로 마우스를 돌렸다.

그렇게 평온했던 시간이 지나고, 평소와 같이 지하철을 타고 집으로 향했다. 덜컹거리는 열차와 북적이는 인파, 사람의 온기로 인해 적당히 데워진 공기 사이, 몸을 꾸깃꾸깃 접어 좁은 의자에 앉으니 잠이 솔솔 밀려온다.

"이번 역은 ○○역입니다. 내리실 때에는 오른쪽 문을 이용하여 주십시오―…."

하차역에서 본능적으로 눈을 뜬 나는 비몽사몽하지만 재빠르게 일어났다. 우루루 밀려오는 사람들 사이를 뚫고 지하철을 빠져나온다. 멍한 정신으로 역에서 나와 길거리를 걷는다. 투명한 하늘과 발 밑에서 바스라지는 낙엽 소리, 즐겁게 뛰어가는 아이와 아이를 바라보는 부모의 평화로운 모습. 오늘따라 세상이 아름다워 보인다. 그렇게 멍하니 걸어가다 마트 신선식품 코너의 드라이아이스 연기를 맞고 나서야 제 정신을 차렸다.

니글거리는 돼지 비린내가 식도를 타고 올라온다. 특대자 국밥은 나에게 무리였나 보다. 아무거나 사서 나가자, 라는 생각으로 주위를 둘러보았다.

눈에 들어온 것은 사과 한 알. 새빨갛고 광이 반들반들 나는 것이 참 먹음직스러워 보였다. 새콤한 과즙으로 비릿한 기도를 씻어 내리고 싶다는 생각이 들었다.

가슴팍에 새빨간 사과를 품고 집으로 돌아왔다.

집에 도착하자마자 컴퓨터를 켰다. 컴퓨터가 부팅되는 동안 손과 사과를 간단히 씻고 컴퓨터 앞 의자에 주저앉았다. 껍질도 깎지 않은 사과를 베어 무니 시큼한 과즙이 배어나왔다. 달지는 않았다. 그래도 식도의 껄끄러움을 제거하는 데엔 꽤나 도움이 되었다.

사과를 아작아작 씹으며 어김없이 거래소 사이트에 들어갔다.

———

"아이디와 비밀번호를 입력해주세요!"

ID : lighter_

PW : _____

"로그인 되었습니다!"

로그인을 하자마자 당장 보유 코인을 확인했다. 역시. 개당 100에 산 코인은 벌써 1300에 가까워져 있었다. 가파른 상승 곡선이다. 그래도 혹시나 몰라 보험으로 코인 몇 개를 매도했다. 원금 회수는 물론이거니와 약간의 목돈까지 마련했다. 넉넉해진 자금을 보니 가슴속 저 밑 어딘가가 풍족하게 차오르는 느낌이 들었다. 그렇게 물질적 여유를 느끼며 컴퓨터를 끄려다 문득, 손바닥 위에서 빛나는, 네 입 정도 베어 문 사과가 눈에 띄었다. 애플의 로고와 유사한 모양이 된 사과. 그 모습을 보아하니 곧 아이폰 15가 C타입 단자로 출시되어서 애플 주식이 꽤나 올랐었다. 그 기억을 되살려 보니 어느새 내 손은 해외주식칸으로 마우스를 옮기고 있었다. 속는 셈 치고 몇 주 샀다. 어차피 오를 주식이니깐. 사과를 다 먹고 심지는 싱크대 구석에 던져놓았다.

주말 동안 국내외 주식을 꽤나 건드렸다. 중국 전기차 주식도 약간 사고, 독일 대체당 기업 주식도 사고, 대만 반도체 기업 주식도 샀다. 새로운 분야라 그런지, 아니면 오랜만에 매수 좀 땡겨서 묘하게 흥분됐다. 클릭 몇 번에 거대 기업의 주식이 내 것이 되다니. 돈으로 돈을 사는 코인과는 다른, 돈으로 미래 가치를 사는 느낌이 들었다. 더 건실한 사람으로 성장한 기분이 들었다. 유사 도박쟁이에서 현명하게 자산을 불리는 지식인이 된 것 같았다. 자기애인지 충족감인지 모를 감정을 뒤로하다 보니 훌쩍, 월요일이 되었다.

암울한 월요일의 출근 이후에도 시간은 흐르고 흘러 오후 4시

40분, 퇴근까지 1시간 20분 남았다. 월요일이 끝나가서 그런지 직원들 얼굴에 미소가 점점 번지고 있다. 그런데 선배의 표정만은 꽤나 심각하다. 선배가 결국 자리를 박차고 나가 전화를 하고 온다. 전화 시간이 길어질수록 직원들의 표정 또한 굳어져 간다. 30분간의 통화를 마치고 선배가 들어왔을 때, 선배의 표정은 나라 잃은 사람마냥 어두침침했다. 선배는 곧장 부장님께 상황 보고를 했다. 부장님의 얼굴마저 굳어져 갔다.

"여러분, 죄송합니다. 오늘 우리 부서는 야근을 해야 할 것 같습니다. 중국 거래처에서 디도스 해킹을 당해 프로젝트 파일을 날렸다고 합니다. 저희측에 파일을 요구하는데 저희도 몇 개의 파일이 날라간 상황입니다. 얼마가 걸릴지는 모르겠지만 복구가 긴급히 필요한 상황입니다."

직원들의 입에서 한숨이 쏟아져 나왔다. 사람들은 아내에게, 남편에게, 자녀에게. 친구에게 메시지를 보내기 시작했다. 짐을 꾸리던 가방을 다시 펴내 노트북과 USB, 파일과 서류들을 일제히 꺼내기 시작했다. 부장님도 사모님과 전화를 하러 자리를 떠나셨다. 선배는 착잡한 얼굴로 자리에 앉아 한숨만 쉬었다. 이렇게 우울한 선배를 보는 게 너무나 낯설어 그만 고개를 돌려버리고 말았다.

타닥— 타닥—

빗소리가 들리자 문득 정신이 확연히 깨어났다. 얼마나 타자를 쳤을지 모를 정도로 손끝이 아려왔다. 창밖은 새까맣고, 팀원들의 눈가도 거무죽죽하게 죽어 있다. 빗소리에 부장님도 정신을 차렸는지 팀을 한 바퀴 둘러보셨다. 시간은 오전 1시 13분, 새벽이다. 이 시간까지 회사에 남아 있는 적은 처음이다. 부장님은 팀원들의 상태를 보더니 어떠한 판단을 내린 듯 입을 떼셨다.

"지금 어느 정도 복구한 것 같으니 다들 퇴근합시다. 출근은 10시까지 하도록 합시다. 집에 얼른 돌아가세요. 택시 탈 사람은 나한테 말하면 불러줄게요."

팀원들 눈에서 반짝거림이 스쳐 지나갔다. 역시 우리 부장님. 출근도 1시간 늦춰주시고 택시까지 불러주시다니. 정말 존경스러운 분이야. 팀원들은 일사분란하게 짐을 싸 택시를 타러 나갔다. 얼굴엔 피로가 가득하지만 어딘가 행복이 묻어 있었다. 한편 선배는 우울한 얼굴로 창밖을 바라보며 느릿느릿 짐을 꾸렸다.

"괜찮아요, 선배. 이런 날도 다 있는 거죠 뭐. 선배 잘못도 아니고 거래처 실수잖아요."
"백업 파일을 안 만들어 놓은 건 내 실책이지 뭐. 말이라도 고맙다."

암울해 보이는 선배의 표정. 정말 큰 실수인 걸까. 선배와 부장님이 컴퓨터 앞에 앉아 씨름하는 모습을 뒤로하고 사무실을 나왔다. 비는 그쳤지만 습기를 잔뜩 머금은 공기가 차갑게 내려앉았다. 팀장님이 택시 불러주실 때에는 감히 죄송스러워 끼지 못했다. 만약 집까지 걸어가면 1시간. 머릿속도 복잡한 찰나, 머리를 식힐 겸 걸어가는 건 어떨까?

어두운 밤거리, 빨간 신호등 색깔을 무시하고 뛰어가도 방해하는 차 없는 무질서한 시간. 물론 6시간만 지나도 출근해야 하는 몸임을 알지만 지금은 이 자유를 만끽하며 밤거리를 거닐었다. 밤공기는 차가웠고, 내 폐에는 신선한 공기가 들어왔다. 그뿐이었다.

집에 도착하고 나서 시계를 보니 2시 48분, 정처없이 거리를 떠돌다 보니 생각보다 많이 늦었다. 집에 도착하고 나니 무언가가 안도되면서 한편으로는 긴장감이 몰려왔다. 거래소 사이트에 급하게 접속해보았다. 코인과 주식들은 여전히 오르고 있었다. 그러나 오늘 일을 떠올려보니 중국 주식을 다 처분하고 싶어졌다. 분명 백업을 하지 않은 우리측의 잘못이긴 하지만, 존경하는 선배가 낙담하는 것을 보니 무언가가 걸렸다. 중국뿐만이 아니라 대만의 주식까지 팔아치웠다. 들어온 매도금으론 미국의 전기차 관련 회사 주식을 샀다. 내 나름대로의 복수 아닌 복수였다. 아, 출근해야 하지. 탈피하듯 겉옷을 대충 벗고 화장실로 들어갔다. 따뜻한 물줄기에 나른해졌다.

다음 날, 차마 10시에 출근할 순 없어서 9시에 출근을 했다. 나와 같이 생각한 사람이 좀 있는지, 사무실의 1/3이 채워져 있었다.

거기엔 초췌한 얼굴의 선배도 포함되어 있었다.

"아, 김 주임. 벌써 출근했군. 고생이 많다. 네가 네 사수 좀 챙겨서 커피 좀 사올 수 있겠나? 어제 일 이후로 멘탈이 쏙 나간 게, 카페인이 좀 필요해 보여. 올 때 겸사겸사 팀원들 커피도 좀 사오고. 결제는 법카로 하세."

역시 부장님. 내 손에 법카인 척하는 부장님 개인 카드를 찔러넣어주시곤 홀연히 자리를 떠나셨다. 부장님은 은근 단 것을 좋아하셨지. 카라멜 마끼아또는 좋아하실려나? 생각을 하며 선배에게 다가갔다.

"선배, 선배 상태가 말이 아니여서 부장님께서 커피 사오라는 명령을 내려주셨어요. 같이 커피 사러 내려갔다 옵시다."
"아, 그래? 네가 보기에도 내 상태가 영 별로니?"
"네. 눈가가 칙칙하고 얼굴이 꺼칠해 보여요. 카페인이 진정으로 필요해 보인다고 생각합니다."

말하며 선배의 등짝을 떠밀었다. 1층 로비에 있는 사내카페에서 아이스 아메리카노와 라떼, 부장님을 위한 카라멜 마끼아또를 시켰다. 커피를 기다리며 선배가 말문을 열었다.

"중국 거래처에서 우리 회사에 한 번 방문하고 싶단다. 우리의 일처리에 화가 나서 '네 얼굴 함 보자' 같은 의미는 아닐 거 아냐.

그저 정말로 데이터 복구와 재협력의 초석을 다지기 위해 방문하고 싶다고 하는 걸까?"

"음, 저희의 일처리에 화가 났다면 회사 방문 요청이 아닌 피해 보상을 요구하거나 거래 파기, 아니면 유리한 조건 추가를 제안했겠죠. 근데 바라는 게 회사 방문이라면… 우호적인 관계를 유지하고 싶다는 말이 아닐까요?"

"그치? 중국어 다 까먹었는데. 비즈니스 회화 책을 사야 하나."

"아, 선배. 중어중문이랑 국제무역 복수 전공하셨죠?"

"그래, 사실 중국어 다 까먹었다고 해도 무방하지만. 하…. 중국 거래처 말하는 것만 보면 시간만 나면 바로 오려고 하는 기색이던데, 어떻게 말을 꺼내야 하지?"

"아이스 아메리카노 네 잔, 라떼 아이스로 세 잔, 카라멜 마끼아또 아이스로 한 잔 나왔습니다!"

젊은 카페 알바가 활기차게 외쳤다. 선배와 난 트레이를 나눠 들고 사무실로 향했다.

"아침부터 수고하십니다! 아이스 아메리카노랑 라떼 사 왔으니 한 개씩 가져가세요."

"우와, 이게 다 뭐야? 부장님의 깜짝 선물과 배달원들인가. 잘 먹을게."

사무실 직원들이 우루루 밀려와 취향껏 라떼와 아이스 아메리카노를 가져갔다. 나는 카라멜 마끼아또를 소중히 들고 부장님 테이블로 향했다. 부장님은 중국 거래처의 메일을 읽으며 수정 부분을 살펴보고 계셨다.

"부장님, 이 카드 부장님 개인 카드인 거 잘 압니다. 그래도 사양하진 않았습니다. 감사히 잘 먹겠습니다. 저번에 보니 부장님 은근 단 음식 좋아하시는 것 같아서 카라멜 마끼아또로 들고 왔는데 어떠세요?"

"아, 역시 김 주임은 세심해. 내가 이래서 김 주임을 좋아한단 말이야. 단 커피 완전 좋지. 고마워, 잘 마시마."

역시, 주임 사랑은 부장이라고 했나. 팀원을 챙기는 저 모습을 본받고 싶다고 생각했다.

그 뒤로 팀원들이 차차 모였다. 모두들 자료 복구와 거래 정상화에 발 벗고 나섰다. 사무실 전체에 위챗 알람이 울렸다. 그 사이에는 이 사건을 마무리지을 마지막 한 방이 담겨 있었다.

'저희가 곧 한국을 방문하여도 될까요? 한국에서 문제를 완전히 해결하고 귀하의 회사와 저희 회사의 결속을 돈독히 하고 싶습니다.'

아, 곧 일정을 조율하자는 메일이 정식으로 올 것이다. 선배의 얼굴이 펴졌다. 비록 중국 프로젝트에서의 내 역할은 매우 작다. 그러나 선배는 이 프로젝트의 핵심 멤버이자 중국어 능력자로 이 안건이 자신의 미래 커리어에 매우 큰 영향을 끼친다. 비록 한동안 선배 얼굴을 많이 보지는 못하겠지만, 이 일이 선배에게 득이 되었으면 한다.

그렇게 며칠이 지났을까, 중국 회사 임원진들은 매우 빠르게 도착했다. 선배와 부장님도 덩달아 바빠지기 시작했다. 그 내막을 들여다보니 중국 회장의 철없는 아들이 거래도 할 겸 관광차 온 거라나 뭐라나. 그 회장 아들은 파격적인 행보로 뉴스에도 올랐다. 중국인임에도 불구하고 애플 스토어에 가서 맥북과 아이폰을 수천만 원어치 사 매스컴에서 논란이 된다든지, 폐장 후 vip만을 위해 오픈한 백화점 영상을 SNS에 게시해 온갖 욕을 먹는다든지 등. 뭔가 자유분방하고 괴랄한 행보를 보이고 중국으로 돌아갔으나, 우리 회사 측의 잘못도 쿨하게 넘어가주고, 오히려 진심으로 사죄하고 뒤처리를 하는 우리의 모습에 감동했다며 추가 계약을 맺고 갔다. 우리 입장에서는 완전 땡큐다.

중국 부자 신드롬이 우리 회사뿐만 아니라 주식판도 흔들어 놓았다. 중국 부자가 그렇게 극찬한 애플의 주식이 꽤나 오르고, 부자가 쇼핑한 백화점과 그 계열사의 주식이 오르는 등, 꽤나 큰 영향력을 뽐냈다. 그 덕에 난 애플 주식을 꽤나 좋은 가격에 매도할 수 있었다. 그렇게 주식에도 맛이 들린 나는, 기억을 더듬어 유망

주에 잔잔바리로 투표하기 시작했다. 저번 생들에선 주식이 아닌 비트코인만 했었기 때문에 이쪽으론 거의 문외한이었다.

선배도 다시 회사로 돌아왔다. 중국 거래처로부터 받은 선물들을 나눠주며 팀원들과 인사하는 선배의 안색은 역설적이게도 좋지 않았다. 묘하게, 아니 꽤나 어두워 보였다.

"선배, 안색이 왜 그래요? 중국과 문제도 잘 마무리짓고, 추가 계약까지 따오셨잖아요? 승진의 최적 요건을 달성하셨는데? 이번 승진에서 저보다 선배가 통과돼도 할 말이 없을 정도예요."

"하, 그게⋯ 거래는 물론 잘 끝났지만 내 개 같은 버릇은 끝내지 못했다. 내가 몇 개월 전에 비트코인 시작했다고 말 했었지? 퐁당 퐁당 전술로 밀어붙였지만, 밥 먹고 비트코인 그래프만 보는 사람들을 내가 어떻게 이기니. 그래서 꽤나 손해봤다. 결국 적금 깨서 갚긴 했는데, 적금 생각하니 아까워서 원⋯."

"선배, 잘 하셨어요. 하긴 중국하고 미팅할 자료 준비하랴, 중국 임원 살피랴 바쁘셨잖아요. 돈이랑 시간 잡아먹는 비트코인 말고 건실하게 일하시는 게 낫죠. 선배 말 들으니 저도 코인 정리해야겠어요. 아, 참. 그래도 이번 일 끝내신 거 축하드려요."

말을 끝내자마자 생각했다. 파산까지는 가지 않았구나. 아마도 저번 생에선 없었던 중국 계약이 거대한 나비효과를 불러온 것 같았다. 회사일에 집중하느라 코인판에 집중하지 못한 선배, 선배는 빠른 패배를 맛보고 깔끔하게 정리하였다. 그래. 느리고 진득하게 다가오는 패배 —이를테면 파산이라는—보다는 빠르고 깔끔한 패배가 낫다. 그러한 선배의 모습을 보며 거래소에 들어갔다.

내 코인은 여전히 고공행진을 달리고 있다. 그래도 이 정도면 어깨까진 왔다. 선배의 사례를 보니, 누군가의 날갯짓이 나에게, 이 코인에게 매우 큰 영향을 가져다줄 수 있음을 깨닫게 되었다. 이쯤에서 훌훌 털어버리련다, 라는 마음으로 풀매도를 때렸다. 코인을 정리한 다음, 보유 주식 코너로 넘어갔다. 조금씩 산 주식은 구차하다고 생각해 팔아버렸다. 그런데 딱 한 가지, 미국 전기차 기업의 주식만큼은 뭔가 팔고 싶지 않아졌다. 가히 혁명적이라고도 할 수 있는 이 사업가의 미래 비전은 나에게 날아와 꽂혔다.

결국 전기 자동차 주식만큼은 팔지 못한 채, 업무용 메신저 앱을 열었다.

"김 주임, 쌀쌀한데 점심으로 국밥 어떤가?"

업무에 팔려 있던 내 정신을 또렷하게 만드는 목소리, 부장님이다. 부장님과 국밥, 쌀쌀한 날씨. 아, 곧 겨울이구나. 승진이 다가오는구나.

"네, 좋습니다! 오늘도 역시 이가네로?"
"역시 자네는 기억력이 참 좋아. 내가 자네의 이런 점을 참 좋아한단 말이야."

부장님은 통쾌히 웃으시며 정장 재킷을 걸쳤다. 과정은 역시나 똑같았다. 차갑게 언 손을 호호 불며 길 건너편 국밥집으로 가면, 특대자 국밥 2개 달라고 외치는 부장님에게 감사 인사드리기. 오늘도 국밥을 다 먹을 수 있을까?

"그래 김 주임. 곧 승진 검사가 시작된다고 공지가 내려왔다. 내가 두 발 벗고 나서서 자네를 적극 추천할 테니 자네는 선물만 잘 준비해 오면 돼. 뭐, 어떤 걸 준비할지 생각은 해봤나? 아니지, 일단 자금이 준비가 되어 있어야지. 현 상황은 어때?"

"야금야금 투자 좀 하다 보니 4,500 정도는 가능할 것 같습니다. 근데 아직 제가 식견이 부족한지라. 이럴 때 무슨 선물을 드려야 할지 잘 모르겠습니다."

"아무래도 세 분 다 골프를 좋아하시니 골프채는, 너무 식상한가? 아니면 명품 라인으로 가서 시계라든지, 뭐 정장도 좋긴 하지만 세 분의 사이즈를 모르니. 아니면 와인이나 위스키도 괜찮을지도. 담배나 시가는 안 돼. 근래는 아니고 몇 년 전에 한 임원분께서 폐암으로 돌아가신 이후 담배 선물은 암묵적으로 금지됐어."

"아하, 역시 부장님. 남다르십니다. 아무래도 후보군 중 시계가 제일 괜찮지 않을까 싶은데요. 선물 가격대가 이리 올라간 것은 최근의 일이니깐, 여태껏 비싼 술이나 골프채는 한두 번 받아보셨다 하더라도 시계는 처음이실 것 같아서요."

"내가 알기에도 넥타이 세트까지는 있었지만 시계는 없었다. 뭐, 롤렉스나 오메가 같은 브랜드면 괜찮을 거라 생각하네."

"역시, 하나를 알려주면 열을 아는 인재일세. 자넨 일도 똑부러지게 잘 하고. 정말 든든해."

"특대자 2개 나왔습니다. 뜨거워요."

타이밍 좋게 국밥이 나왔다. 부장님의 얼굴에 화색이 돈다.

"그래, 어서 들자."

"감사합니다! 잘 먹겠습니다."

시끌벅적한 국밥집에서 조용히 국밥을 먹는다. 오늘도 여전히 버겁지만 어찌저찌 그 많던 양의 국밥이 다 들어갔다. 속은 여전히 기름지다. 뭐, 그래도 먹다 보면 느는 걸까?

"부장님, 잘 먹었습니다. 감사합니다. 승진해서 꼭 갚도록 하겠습니다."

"그 당찬 포부 꼭 기억하마. 커피나 마시자."

그렇게 부장님이 사주신 커피를 들고 회사에 도착했다. 일을 시작하는 척, 컴퓨터를 켜서 명품 시계를 찾아본다. 마우스를 굴릴수록 익숙한 상품들이 보인다. 내가 저번 생에 소유했던 것들. 어딘가 서글프다. 지금도 마음만 먹으면 일주일 안에 살 수 있건만. 아니다, 나는 두 번의 인생을 패배하고 아름다운 세 번째 삶을 위해 이러고 있는 것이다. 하지만 씁쓸하다. 씁쓸할 수밖에 없다. 우울한 생각에 잠식당하지 않기 위해 검색 탭을 나갔다. 이렇게 찜찜한 감정을 뒤로하고 업무에 열중한다.

어느새 시간은 흐르고, 퇴근시간이 되었다. 간단한 인사를 마치고 지하철로 급하게 내려온다. 열차를 기다리며 휴대폰을 보는데, 전기차 기업 CEO가 코인을 낸다는 소식으로 인터넷이 시끌벅적하다. 전기차 기업 CEO가 무슨 비트코인이냐는 의견 절반, 이렇게 창의적이고 혁신적인 기업가가 이제야 코인을 만든다는 의견 절반.

개인적으로 평소 이 사업가의 독특한 사고방식과 생각의 전환이 유니크하고 매력적인 포인트라고 생각했었다. 그러나 비트코인까지 뻗칠 줄은 몰랐다. 매우 흥미가 돋았다. 역시나 내 두 손은 자연스럽게 코인을 매수하고 있었다. 그저 흥미만으로 불분명하게 투자를 하다니. 저번 애플 땐 그래도 애플은 세계적인 대기업이고, 아이폰 15 발매라는 지식을 알고 투표를 한 것이지만, 이 코인에서 얻을 수 있는 정보는 오로지 제작자뿐이다.

생각을 해보니, 이 기업가가 코인을 만든다는 정보는 내 기억상 없었다. 날짜를 보았다. 내가 겪은 시간을 건너 닿지 못한 미래와 근접해 있었다. 물론 바로 전 생에서도 몇 년은 더 살았지만 그땐 세상과 은거해서 살았으니깐. 그러나 지금은 다르다. 승진도 준비하고, 프로젝트의 리더가 되기도 하며 세상에 녹아든 채 미래를 향해 다가가고 있다. 과거의 나에서 발전한 것이다. 내가 이렇게 발전했다니. 발길이 가벼웠다.

"보통 50대의 중년 남성은 어떤 스타일의 시계를 좋아하나요?"

"50대 중년 남성분들은 중후하고 진지한 분위기를 가진 시계를 선호하세요. 무광 크로커다일 스트랩으로 패셔너블하면서도 고급진 이미지를 챙기면서도 샤프하게 마감된 이 제품 어떠신가요? 아니면…."

명품관 직원이 깔끔한 딕션으로 시계에 관한 정보를 좔좔 읊었다. 대충 이해했다는 표정으로 시계들을 살펴보았다. 전부 애매했다. 아마 내 행색이 초라하거나, 백화점 거래 내역이 없어서 그런 것일 거다. 무시 받는 기분이 썩 좋진 않았다. 직원은 유려한 말솜씨로 신흥부자들의 넋을 빼는 게 하루 이틀이 아닌 것 같았다.

"상품은 모두 좋아 보이는데, 50대 남성이 차기엔 가벼워 보이는군요. 좀 더 중후하고 클래식한 디자인 없을까요? 롤렉스 데이트저스트 정도면 괜찮을 것 같은데."

세이코나 몽블랑같이 어중간한 브랜드만 말하다 가격대를 좀 올리니 직원의 두 눈이 반짝 빛난다. 나를 아예 롤렉스관으로 이끈 직원은 데이트저스트 모델 라인을 쫘악 보여주었다. 적당한 시계 세 개를 샀다.

고급 라인이 아니더라도 시계 세 개 정도는 꽤나 매출에 기여를 했을 것이다. 직원은 미소를 띠며 포장된 시계를 건네주었다. 직원의 깍듯한 인사를 받으며 명품관을 유유히 빠져나온 다음, 택시를 불렀다. 원래라면 지하철을 타고 갔을 거지만 오늘만큼은 새 시계를 들고 있기에, 라고 자기 합리화를 하며 택시에 올라탔다.

돈 꽤나 만지던 전생의 허영이 떠오르는 건 왜일까? 내 시계가 아닌 뇌물을 위한 시계 구입이었지만, 역시나 명품을 구입하는 기분은 참으로도 좋다. 이 찐득찐득하고 매력적인 도파민에 빠지지 않으려고 이번 생 내내 노력했다. 시계 구입으로 망가질 내가 아니라 생각하며 택시에서 곰곰이 생각했다.

"선배, 낯빛이 왜 이래요? 어디 아프세요?"
"아냐, 속이 좀 안 좋네. 아침 먹은 게 체했나 봐."

선배는 아침을 거의 안 먹는데. 무슨 일이지? 그저 정말로 아픈 걸까? 아니면 설마… 코인 때문일까? 아니다. 선배는 저번에 자기 입으로 코인을 끊겠다는 말을 했다. 그저 정말로… 아픈 것일 거다.

"곧 바람 더 차가워질 텐데. 빨리 나으세요."

선배는 내 대답에 미소로 응수하고 탕비실로 유유히 떠났다. 그런 선배의 뒷모습이 살짝 야위어 보이는 것은 왜일까?

그 일과 별개로 나의 승진은 척척 풀려나가고 있었다. 선물 드리기 위해 약속 시간도 잡았고, 내 명의의 프로젝트는 성과가 쭉쭉 올라가 조그마한 저널에서 인터뷰 요청이 오기도 했다. 감사하지만 아직 그 정도는 아닌 것 같다고 거절하긴 하였지만, 나의 생각이, 우리 팀원들의 생각이 이 정도로 인정받다니. 정말 그 뿌듯함은 어디에 비할 바가 되지 못했다.

"김 주임, 이번 주 주말이지? 건승을 비네. 자네 정도의 처신력이라면 훌륭한 결과를 이끌어 낼 수 있을 거야."
"멋진 결과를 가지고 돌아오겠습니다. 제가 꼭 부장님께 한턱 쏘겠습니다."

시계는 백화점에서 포장 받은 그대로 있다. 내가 살면서 가볼 일 없었던 것 같은 고급 일식집도 예약을 잡았다. 이 사안만 해치우면 내 삶의 질은 올라갈 것이다.
부장님뿐만 아니라 선배에게도 응원을 받고 싶었다. 그러나 선배의 상태는 영 좋지 못했다. 그냥 선배의 옆에 알짱거리지 않고 퇴근하기를 선택했다. 승진만 하면 한턱 거하게 쏴야지.

결전의 날은 순식간에 지나갔다. 무슨 정신으로 일어나 씻고 일식집까지 간지 모르겠다. 그저 본능적으로만 움직였다. 윗분들은 선물을 받고 되게 좋아하셨다. 처음에는 심드렁했다가 시계인 것을 알고 나니 두 눈이 반짝반짝 빛났다. 한 분은 그 자리에서 선물을 풀어 손목에 차보기까지 하였다. 뭔가 인간이란 생물은 참으로 단순하다고 생각되는 순간이었다.

한때는 벼락부자로 어마무시한 부를 손에 넣어본 내가, 그깟 승진을 위해 뇌물까지 바치는 모습이. 대기업의 승진 선발진이나 되어서 고작 시계 하나 받았다고 호들갑 떠는 모습이. 뭔가 혐오스럽고도 지극히 이해가 가는 모습이다. 내 자신이 웃기고 이 사회가 웃겼다.

선발 임원들이 좋아했으니깐 됐나. 그런데 내 마음은 어딘가 허전해졌다.

무사히 만남을 마친 뒤, 공허해진 마음으로 길거리를 걸었다. 그저 충동적으로 백화점에 가고 싶었다. 선물, 아니 뇌물로 바친 시계보다 더 비싸고 고급진 시계를 사 나에게 선물하고 싶었다. 왠지는 모르겠지만 그런 생각이 들었다.

바로 백화점으로 달려갔다. 명품관 직원이 저번과는 다르게 롤렉스 제품 라인을 보여주었다. 아마도 구매 내역 때문이리. 그러나 끝끝내 고급 라인은 안 보여주고 오리지널 라인에서 맴돌고 있는 것이었다. 어쩔 수 없다는 것을 잘 알지만, 뭔가 분했다. 직원의 등 뒤에 있는, 고가 라인 상품에 다가갔다.

"이 데이데이트 모델 예쁘네요. 아이스 블루 다이얼과 플래티넘의 조합이라. 새 모델인가요? 전에는 이런 디자인에 이런 조합 본 적이 없는 것 같아서."

"아, 고객님. 이 모델은 데이데이트 36으로 새로 나온 모델이 맞습니다. 고객님이 말씀하신 대로 롤렉스 라인에서도 몇 없는 아이스 블루 다이얼이 특징인 아이죠….”

　약간의 지식만 던져주니 나의 견적을 재보고 돈이 되겠다 판단
을 한 것 같았다. 직원은 열과 성을 다해 모델을 설명해주고 내 손
목에 실착시켜주기까지 했다. 실로 오랜만에 고급 시계를 차 보니
감회가 달랐다. 사람들이 왜 명품을 사게 되는지 다시 한번 깨달았
다. 아닌가, 마음이 빈곤한 사람들이 왜 명품을 사게 되는지 깨달
았다고 정정해야 하나. 아무튼, 내 손목에서 시계는 빛나고 있었
고, 날 바라보는 직원의 두 눈도 빛나고 있었다.

　고민 없는 척, 손목을 몇 번 돌려보다가 구매 의사를 표했다. 직
원은 너무 잘 선택하셨다고, 딱 하나밖에 안 남은 상품인데 잘 잡
으셨다고 끝까지 발린 말을 놓지 않았다. 직원의 특급 립서비스와
포장 서비스를 받으며 생각했다. 코인 다 팔아야지.

　백화점을 나오며 생각했다. 오늘은 비싼 밥, 비싼 선물들을 왕창
샀으니 앞으로는 검소하게 살리라. 더 이상은 알 수 없는 미래지
만, 과연 내가 실패할 리가 있는가? 정말 돈이라도 쪼들리면 투자
시작해야지, 뭐.

　손에 시계 하나 있으니, 그 무엇도 부럽지 않다. 배고픔도, 졸림
도, 아무 감정도 느껴지지 않은 채 끈적끈적한 도파민에 푹 젖어
있을 뿐이다. 이제 회사에 가서 김 대리라고 불릴 날도 머지않았
다. 거래처와의 미팅이나, 중요한 발표가 있는 날에는 이 시계를
착용해도 과하지 않을까? 선배와 부장님께 시계는 못 사드려도 넥

타이는 꼭 드려야겠다. 온갖 망상의 나래를 펼치며 집에 가려고 택시를 잡았다.

　그러나 택시에 타고 나서 생각을 해보니, 지금의 나는 꽤나 괜찮은 상태이다. 풀세팅 정장 차림에다가 손에는 롤렉스 쇼핑백이 들려 있는. 이런 기분을 뽐내고 싶어, 시내 근교로 목적지를 이동했다. 택시 안에서 조심스럽게 시계를 언박싱해 손목에 찼다. 빛깔이 남달랐다.

　정장 바지에 손을 꽂고 시내를 한 바퀴 돌았다. 사람들이 내 시계를 바라본다는 착각에 빠질 정도로, 내 상태에 대한 자각이 과잉되었다. 오랜만에 고급 바에 들어가서 술도 몇 잔 했다. 여자들이 말을 걸었지만 사연 있는 남자인 척, 거절을 하곤 혼자서 마셨다. 정말 기분이 좋았다. 남들이 보기에도 내 상태는 끝내줬나 보다.

　알코올이 들어가 달아오른 몸을 이끌고 차가운 밤공기를 맞는다. 집으로 터벅터벅 걸어가며 생각한다. 내 통장엔 서울 외곽에 집 한 채 마련할 정도의 돈이 있고, 코인과 주식으로 투자를 꽤나 든든하게 해 놓은, 건실한 청년이다. 물론 과거를 2번 겪기도 하였고, 그 과정에서 뼈아픈 실패도 있었지만 이제는 그런 실수 더 이상 하지 않는다.

　정말로 이 세상은 자비롭고 아름답다. 그렇게 생각하며 현관에 들어선다.

　지이잉— 지이잉—

휴대폰이 울린다. 발신일을 보니 선배다. 이 새벽에? 술기운이 싹 가신다.

"여보세요?"

"어, 그래 ㅣ야. 주말에 전화해서 미안. 오늘 윗분들하고 밥 먹고 왔지?"

"네, 선배. 반응이 되게 긍정적이었어요. 되게 좋아하시던데요."

"그래, 축하한다. 다름이 아니고 돈 좀 빌려줄 수 있니? 하, 이번 일로 돈 많이 깨진 너한테 부탁하는 것도 참… 선배가 되어서 부끄럽다. 사실 코인 아직도 못 끊었어. 정말 할 말이 없다."

"선배, 어쩌다가… 얼마나 필요하신데요. 제가 힘 쓸 수 있는 데까지 도와드릴게요."

"오천… 정도… 빌려줄 수 있니? 내가 이번 것만 딱 갚으면 정말로 끊을게. 정말 미안하다. 선배라는 사람이 되어서 이런 모습을 보인다는 게….”

"이번을 끝으로 안 그러시면 되죠. 바로 보내드릴게요. 일 다 해결하시고 천천히 보내주세요."

"어, 그래. 고맙다… 내가 정말로 끊으마."

선배의 계좌로 얼른 오천을 쏴 주었다. 그러나 느낌상으론 절대 오천이 아니다. 선배 같은 사람이 후배인 나한테서까지 돈을 빌리는 것을 보면, 분명히 큰 문제가 있는 것이다.

무슨 코인을 하셨길래 저러실까. 대충 견적이라도 내보게 거래소에 들어갔다. 차트를 좌라락 훑다 보니 기이할 정도로 감소하고 있는 한 그래프를 찾았다.

어? 코인 이름이 익숙하다. 익숙한 정도가 아니라, 매우 자주 본 글씨의 생김이다. 황급히 보유 코인칸에 들어갔다. 감소율이 85%를 넘어서고 있다. 보유 잔고가 순식간에 줄어들고 있다. 왜 이러지? 커뮤니티에 들어가 최근 게시물을 좌라락 훑는다.

대표가 미성년자 여아들을 성폭행 시도, 돈으로 이 사실을 은폐하려다가 시민단체에 의해 발각. 이 사건으로 인해 전기차 기술자들이 단체로 사표로 보이콧. 중국은 현재 미국 기술자들을 유치하기 위해 혈안을 띄었다는 찌라시.

내 보유 주식칸에 들어갔다. 주식도 미친 듯이 하락하고 있다. 미국 전기차 관련주들은 다 하락장이다. 그 반사효과로 타국의 전기차 주식이 미친 듯이 오르고 있다. 중국도 이에 포함된다.

비트코인과 주식은 다른가? 비트코인으로 승승장구했지만 코인은 이와 다른가 보다. 아니 그냥 저 사람이 잘못되었나? 코인 그래프를 자세히 봤다. 미친 듯한 상승장이었다. 바로 어제까진. 어제 새벽에 그 뉴스가 터지고 알음알음 하락하다가 대대적인 폭로가 이어지고 현 상황에까지 이른 것이다. 물론 장기적으로 보고 놔두면 언젠가는 상승할 것이지만, 지금 당장 손절하는 사람들이 많을 것이다. 그 코인, 주식에 묶어놓은 것이 많은 사람들이라든지, 손절매를 설정해 어쩔 수 없이 팔아야 하는 사람들이라든지, 뺀 돈으로 다른 곳에 투자를 해 닿을 수 없는 일확천금을 노린다든지.

나는 멀리 보는 사람이다. 코인을 팔지 않는다. 주식도 팔지는 않는다. 하지만 매수 또한 하지 않는다. 시세가 더 떨어진 지금, 오히려 이때가 찬스일 수도 있다. 나중에 가격이 백배로 뛸지, 백배로 떨어질지는 아무도 모르는 일이다. 그러나 더 이상 코인질을, 주식질을 하고 싶지 않다. 나중에 선배에게 자세히 물어봐야지, 다짐한다.

회사에서 본 선배의 상태는 급격하게 나빠져 있었다. 주위 사람들에겐 잠을 좀 설쳤다며 둘러댔지만, 내 눈은 속일 수 없다.

퇴근 시간, 사무실을 나가려는 선배를 붙잡았다.
"선배, 제가 밥 한 끼 쏠 테니 같이 가요."
어두운 얼굴에 조그맣게 웃음을 띈 선배는 순순히 나를 따라왔다. 룸으로 되어 있는 고급 중식당에 왔다. 대충 디너 세트를 주문한 다음, 선배를 향해 입을 열었다.
"선배, 솔직히 말해 보세요. 오천 아니죠? 주말 내로 급격하게 하락한 코인 찾아보니깐 이렇게 하락한 것이 딱 하나밖에 없던데요. 노지코인, 맞나요?"
"하… 너한테는 못 당해내겠어. 맞아, 노지코인. 노지코인으로만 망한 건 아냐. 원래도 트레이딩이나 선물 같은 거로 잠깐잠깐 투자는 했었지. 근데 그때마다 손해를 봤어. 그래도 중간중간 이익도 얻으니깐 그 맛에 코인했지. 그래도 점점 마이너스를 찍었어. 회심의 한 방이 필요하다고 판단했어. 그래서 빚을 조금 내서 유망한 코인에 투자했어. 근데 점점 하락하는 모습을 못 보겠는 거야. 그래서 매도를 하고 매도금으로 다른 코인을 매수하고, 코인이 조금이라도 하락하면 매도하고. 무한 반복이었던 거지. 그냥 도파민 중독, 도박 중독이라고 생각해도 다를 바 없을 것 같네. 그 과정에서 야금야금 돈 빌리고, 적금 깨서 갚고, 버릇 못 버리고 다시 대출하고. 근데 저번에 중국 거래처랑 프로젝트할 때 시간이 없어서 코인판을 볼 시간이 없었단 말이지. 그냥 코인에 연연하고 싶지 않기도 했고. 프로젝트 끝나고 코인 한번 보니깐 −50% 넘게 박은 거야. 아, 이게 무슨 일이지. 세상이 날 버리나? 코인을 하지 말라는 신의 마지막 경고인가? 지금 생각해 보니 정말로 경고가 맞는 것 같네."

중간에 애피타이저로 냉채가 들어와도 선배는 굴하지 않고 이야기를 이어나갔다.

"아무튼, 그렇게 절망적인 상황이었는데 노지 코인이 보이는 거야. 정말로 괜찮아 보이잖아. 큰 기업의 CEO가 출시한 비트코인이라니. 결국 그 코인에 모든 걸 걸어봤다. 최후의 사활이었다. 그이후는 알다시피. 폭락했지. 결국 손절했어. 내 수중에 남은 건 매도금 300이랑 빚 3억6천. 빚이 왜 이렇게 늘어났진 잘 모르겠다."

선배는 땅이 꺼져라 한숨을 쉬었다. 그러더니 물 한 잔을 마시곤,
"후배가 사주는 비싼 음식, 맛있게 먹을게. 이런 자리에서 우울

한 이야기 해서 미안하지만."

이라 싱긋 웃으며 말했다. 해파리냉채를 천천히 씹는 선배의 표정은 고되고, 힘들고, 축축해 보였다. 선배가 말하기를 꺼려하는 것 같아 나도 언급을 삼갔다. 그 이후론 대화는 평범했다.

뭔가 대단한 자리임에도 불구하고 시시콜콜한 회사 이야기나 일상 이야기나 했다. 전가복이나 어향동고, 베이징덕 같은 진귀한 음식이 나오면 감탄할 뿐이었다. 그렇게 후식까지 먹고 배를 채운 선배에게 술도 한 잔 사주겠다며 바로 이끌었다. 술이 몇 잔 들어간 선배는 그제서야 진솔한 이야기를 꺼내기 시작했다.

"내가 한평생 살면서 엘리트, 천재, 유능하다는 소리만 듣고 살아왔는데… 나는 당연히 내가 코인도 잘 할 줄 알았지. 물론 처음에는 잘 했어. 초심자의 행운이라 그러나? 행운인지 불행인지 아무튼 그거 덕분에 평소 갈망하던 신발도 사고, 넥타이도 사고 야금야금 사다 보니 자동차까지 할부로 끊은 거야. 자차 마련은 내 원대한 꿈이었으니깐."

"선배, 자동차도 사셨어요? 왜 전혀 몰랐지."

"코인으로 산 차를, 회사에 가져오는 게 꺼려졌어. 사람들 다 무슨 돈으로 샀냐고 물었을 텐데, 그때마다 '코인으로 돈 좀 벌었어요'라고 대답을 할 순 없잖냐. 코인으로 돈 번 게 부끄러운 것도 있지만, 사실 그땐 코인판에 사람 들어오는 게 경쟁자가 느는 거라고 생각했지. 어리석고 멍청했어. 사실은 네가 코인판에 들어올 때 생각했던 게 걱정 반, 경쟁심 반이었지. 하, 이렇게 말하니깐 진짜 추하네.”

　추하다는 말을 중얼거리던 선배는 위스키 온더락을 원샷 때리고
는 기침을 하였다. 하긴, 그렇게 도수 센 술을 한 번에 마시면. 선
배의 마음이 너무나도 공감됐다. 추하게 생각되지 않았다. 나도 옛
날에 그랬으니깐.

　“아무튼, 중간중간에 생긴 돈으로 바카라도 좀 해봤어. 지금은
끊었어. 아니, 과연 끊었을까? 모르겠네. 아무튼 바카라로도 좀 날
리고, 주력인 코인으로도 잃고. 근데 자동차를 비롯한 명품 할부는
계속 나가지, 마이너스 통장은 한계지, 대출도 잘 안 나오지, 뭐 2
금융권에도 손을 댔지. 지금은 2금융권에서도 빚 독촉을 받고, 3
금융으로 가야 할 판이지만.”

　유리잔 속 얼음을 응시하는 선배의 눈은 빨갰다. 얼굴은 지나치
게 창백했다. 생각보다 선배의 상태는 많이 심각했다.

　“선배, 3금융은 진짜 아니에요. 선배는 똑똑한 사람이잖아요. 지
금부터라도 코인 끊고, 회사 일 열심히 하면서 살아가면 다 갚을
수 있어요. 정말로 빚 상환이 급해지면 말씀하세요. 제가 도와드릴
게요.”
　“너한테 오천이나 빌렸는데, 거기서 더 빌리다니. 너한테 실례
야. 나 같은 놈한테 빌려줬다가 바카라로 다 잃고, 다시는 돈 못 돌

려받을 수도 있어.”

“상관없어요. 제가 빌려준 돈으로 선배가 재기할 수만 있다면. 뭐, 정말 바카라나 도박으로 그 돈을 잃으면, 다음부턴 안 빌려드리면 되죠. 저는 선배를 믿는걸요.”

선배는 그 말을 듣고는 박장대소를 했다. 슬퍼보였다.

“넌 정말 착한 녀석이야. 너 같은 놈한테서 돈을 빌리다니, 내 자신이 부끄럽다.”

선배는 그후로 인생교육이랍시고 나에게 이런저런 이야기를 하였다. 사람은 부모님 빼고는 믿지 말라느니, 세상의 절반은 똥이라느니, 코인과 도박은 절대로 해서는 안 될 사회의 악이라느니 등. 장황하게 말을 늘어놓는 선배의 모습에서 유능한 회사원의 프리젠테이션 모습과 자산을 탕진한 도박꾼의 모습이 겹쳐보였다. 신기했다.

이야기가 슬슬 끝나가고, 선배는 가방에서 만년필 한 자루와 자기 명함을 내 손에 쥐여주었다.

“이건 오천에 대한 담보. 내가 갚을 때까지 들고 있어. 줄 수 있는 게 이것밖에 없네.”

“왜 어디론가 떠날 것처럼 말씀하세요. 불길하잖아요.”

“내가 내 회사, 내 프로젝트, 내 후배 두고 어디로 떠나. 중국어 능력자인 내가 없으면 거래는 어떻게 하려고. 안 떠나. 그러니깐 쓸데없는 걱정 하지 마. 오천 어떻게 받을 건지 생각이나 해 놔."

웃음기를 띈 얼굴로 선배는 카운터로 갔다. 내가 저지할 새도 없이, 엄청난 속도로 계산을 하고는 사라졌다.

"선배가 되어서 술까진 얻어마실 순 없다!"

라는 외침만 남긴 채.

정말로 사라졌다.

월요일, 회사에 가보니 부장님께서 근심어린 표정으로 메일을 읽고 계셨다. 팀원들도 어두운 표정이었다. 왜 이러지, 나도 자리에 앉아 사내용 메일에 들어갔다. 빨간색 점으로 알람 표시가 와 있었다.

'김 주임, 미안해. 회사를 그만두기로 했어. 주말에 같이 이야기해 보니 내 자신이 너무 부끄럽더라. 사실 네가 준 오천으로 바카라했어. 어때, 이런 선배 정말로 최악이지? 마지막까지 최악이라서 미안해. 팀원들한테도, 거래처한테도, 부장님께도 죄송스럽지만, 너한테 제일 미안하다. 나같이 미성숙하고 추잡스러운 사람 보고 선배님, 선배님 거리며 잘 따라줘서 고마웠어. 잘 지내. 건강하고. 언젠가 성공하면 다시 연락할게.'

충격적인 메시지 내용이었다. 부장님께 달려가 여쭈어보니, 대외적으론 건강 이상의 문제로 퇴사하는 것으로 해놓았나보다. 충격이었다.

"김 주임, 물론 김 주임이 사수를 잘 따른 거 알지. 그래도 승진도 코 앞이고 하니, 너무 침울해 있지는 말게. 반은 위로고 반은 충고야."

오전 내내 집중을 못 하자, 부장님께서 한마디 하시고 가셨다. 지금 회사에서 선배의 입지는 '건강상의 문제로 퇴사한 건 불쌍하지만, 아무런 예고 없이 갑자기 퇴사한 사람'이다. 선배가 퇴사함으로 인해, 중국 프로젝트를 비롯한 여러 업무에 구멍이 생겼고, 그 구멍을 메우기에 다들 바쁘다.

선배가 원망스러웠다. 그깟 돈, 줄 수 있다. 아직도 선배를 존경한다. 그러나 선배를 좋아하고 그리워하는 걸 부끄럽게 해서는 안 됐다. 그저 무기력해졌다. 그러나 회사를, 선배가 남기고 간 프로젝트를 생각하면 이렇게 있을 순 없다. 손바닥으로 양 볼을 내려치곤 다시 업무에 집중하기 시작했다.

선배가 떠나고 꽤나 많은 계절이 지났다. 나는 주임에서 대리로 승진했다. 노지코인, 노지 주식도 점점 상승하고 있다. 세상은 큰 사건을 쉽게 잊듯이. 그러나 나는 아직 선배를 잊을 수 없다. 사수로서, 팀원으로서, 인간으로서 참 많은 도움을 받았던 고마운 존재. 내 롤모델인 선배는 어디론가 사라졌다.

사람들은 선배 대신 나보고 '김 대리'라고 부르고, 나보고 중국 프로젝트를 맡으라고 해서 중국어도 배우기 시작했다. 내 밑으로 후배가 들어와 사수 역할도 하고 있는 중이다. 그러나 내 사수는 어디로 갔는가?

차가운 겨울바람이 이는 12월, 크리스마스 준비로 거리가 반짝반짝 빛나는 12월. 회사는 송년회 준비로 시끌벅적하다. 식당을 알아보고 송년회 인사말을 준비하던 선배가 사라지고, 그 역할은 고스란히 내게 넘어왔다. 선배처럼 재치 있지도 않고, 넉살스럽지도 않은 나는 첫 송년회를 거하게 말아먹었다. 바들바들 떨면서 낭독한 송년회 인사말을 듣고 팀원들은 폭소를 터뜨렸고, 예약한 한정식집은 2시간 제한이 있었는데 그것도 모르고 예약했다가 팀원 다 같이 길바닥으로 쫓겨났다. 그래도 사람 좋은 팀원들은 이런 송년회는 처음이라며 즐거워했다. 선배라면 이런 실수를 하지 않았겠지.

올해도 어김없이 내게 송년회 준비 업무가 내려왔다. 부장님을 비롯해 선배들은 생각하면 역시 한정식집이 낫겠지, 라 생각하며 찾아봐둔 식당에 가고 있는 중이었다.

그러던 와중, 내 폰으로 한 메시지가 날라왔다.

'삼가 부고 알립니다. 김조연님이 12월 17일 11시에 유명을 달리하였음을 삼가 알려드립니다.

고인 : 김조연(향년 39세)

.

.

.

가시는 길 함께 해주시면 감사하겠습니다.'

하늘이 내려앉는 느낌이었다. 부장님께 연락을 드렸다.

"부장님. 제가 지금 외근을 나와 있는 상태지만 반차를 쓸 수 있을까요…?"

"그래, 가능하긴 한데 그 사유가 무엇일까."

"선배의… 김조연 대리의 부고 메시지가 왔습니다. 장례식장에 가 봐야 할 듯합니다."

정적이 흘렀다. 적막이 흘렀지만 내 귀는 심장고동소리로 가득 찼다.

"그래. 장례식장이 어디지? 내가 오늘 마치면 팀원들 데리고 가겠네. 김 대리는 먼저 가 있게… 마음 잘 추스르고."

"넵, 감사합니다. 메시지로 장소 보내드리겠습니다."

택시를 잡았다. 식은땀이 흘렀다. 택시 아저씨는 장례식장으로 가는, 벌벌 떨면서 식은땀을 흘리는 청년이 안쓰러워 보였는지 사탕을 한 알 쥐여주었다.

장례식장에는 사람이 거의 없었다. 선배의 모친과 집안 어르신들이 계셨다. 조문객도 어르신들뿐이었다. 그만큼 향로에 향도 거의 없었다.

향을 3개 집어들었다. 향에 불을 붙이고, 연기를 조금 낸 다음 흔들어 껐다. 빈 향로에 향을 조심껏 꽂았다. 향을 꽂은 다음, 천천히 절을 두 번 했다. 두 번째 절을 하고 일어설 때에, 눈 앞이 검어지고 세상이 핑글 돌았다. 기립성 저혈압인가.

선배의 모친께 인사를 드리러 갔다. 모친은 생각보다도 담담해 보이셨다. 모친께 절을 하자 모친께서도 맞절을 하셨다.

"삼가 고인의 명복을 빕니다."

위로의 인사말만 한 채 서둘러 영전을 빠져나왔다. 현금이 없어 부조금을 계좌로 송금했다. 한 어르신이 내 앞에 육개장 한 그릇을 놓아주셨다. 사양하지 않고 천천히 국물을 떠서 맛보았다. 칼칼했다. 눈물이 주르륵 흘렀다. 선배가 죽었다니. 영전을 다시 돌아보니, 반짝반짝 새 정장을 입고 환하게 웃는 선배의 사진이 걸려 있었다. 흑백으로.

그 색은 선배에게 어울리지 않아요. 선배는 다채로운 사람이에요. 어째서 흑백 사진으로 남아 있게 된 거죠.

사진을 자세히 보니, 선배의 사원증에 걸린 사진이었다. 외동 자식으로 태어나 대한민국 3대 대학을 졸업하고, 이름만 들으면 탄성을 내지를 만한 회사의 대리까지 달았던 사람. 가문의 자랑이자 우리 팀의 자랑이었던 사람. 젊은 나이에 유명을 달리했나.

마음이 칼칼했다. 육개장이 잘 넘어가지 않았다. 흡연실로 나갔다. 넓은 공터에는 족히 60대는 되어 보이는 남자밖에 없었다. 선배의 아버지 같았다.

"담배 한 개비 빌릴 수 있을까요?"
"아, 그래요. 청년, 혹시 조연이 문상 오신 건가요?"
"네. 김조연 대리님이 회사 사수였습니다. 밑에서 많이 배웠어요. 정말 존경스러운 분이었습니다."
"그래, 우리 조연이 회사 후배군. 혹시 조연이가 자주 말하던 김주임? 이신가."
"아, 네. 접니다. 직속 후배라 선배께서 절 많이 아껴주셨어요."
"청년, 조연이가 왜 죽은지 아세요?"
"아뇨, 선배 퇴사 이후론 연락이 없어서… 시도는 해봤는데 전화를 안 받더라구요. 자취방 찾아가보니 이사갔다고 하고."

선배의 아버지는 담배를 한 모금 빨더니 눈을 감으셨다. 그 입에서 나오는 담배 연기는 뭉게뭉게 구름지며 올라갔다. 마치 먹구름처럼.

"자살했어요. 빚을 너무 많이 끌어다 썼죠. 사채만 2억 6천이었어요. 집 팔아서 갚았죠. 조연이 퇴사 후 연락이 끊겼다고 했죠? 조연이는 퇴사 후, 월세방 보증금을 빼고 고시원에 들어갔어요. 보증금 가지고 코인하다 말아먹고, 대출해서 코인하다 말아먹고. 그후엔 코인은 자기 길이 아니라며 바카라나 토토 같은 도박에 빠졌어요. 자기는 정보력이 부족해서 코인에 약한 거다. 오직 운으로만 하는 도박이라면 승산이 있다. 이러면서요. 그러다 사채까지 쓰고. 이자는 점점 불어나는데 갚을 돈은 없고, 대부업자는 자꾸 찾아오고. 결국은 자살했지요. 4평도 안 되는 고시원에서. 이불보 뜯어서 목맨 채로. 하하….”

아버님은 이야기하는 동안 타버린 담배를 바닥에 던지곤, 발바닥으로 비볐다. 오랫동안.

“청년은… 코인이나 도박하지 마세요. 멀쩡한 사람 골로 보내는 거예요. 부모 가슴에, 대못 박는 겁니다. 최고의 불효예요.”

아버님의 눈시울이 붉어졌다. 상복 주머니에서 지갑을 꺼내 뒤적거린다.

“우리 조연이 어릴 때 사진이에요. 참 귀엽죠. 똘망똘망하고. 정말 똑똑했었는데. 결혼도 못 해 보고, 그렇게 가고싶어하던 세계일주도 못 해보고, 엄마아빠 데리고 중국 여행 같이 가자던 약속도 못 지키고. 먼저 떠났네요.”

아버님은 새 담배를 꺼낸다. 나한테도 한 개비 주신다. 서로 적막 속에서 담배를 피운다. 반 개비 피운 시점, 목이 껄끄러워진다.

아직 좀 남았지만 불을 꺼버리고 아버님께 인사를 드린다.

택시를 불렀다. 서울역으로 달려간다. 라이터 할머니는 그 자리에 계신다. 주홍빛 라이터를 샀다. 담배도 한 갑 샀다.

자취방 옥상에 올라간다. 담배곽에서 한 보루 써낸다. 오랜만이다. 5년 만인가? 6년? 중요치 않다. 다시 그때로 돌아갈 것이기 때문에.

담배에 불을 붙였다. 검은색 불꽃이 일렁였다. 황홀하게 나를 감싼다. 미래로 갈 것을 확신한다. 황홀하게 눈을 감는다.

내가 왕이 될 상인가

권민주

빛 한 점 없이 어두운 방 속에서 침대 위에 걸터앉아 있는 한 남
성이 있다.
　그 남성은 굉장히 초췌해 보였다. 어딘가 영혼이 없는 눈빛과 실
의에 빠진 표정으로 멍하니 바닥만을 응시하고 있다.

＊＊＊

　6개월 전,
　그는 대한민국에서 제일 가는 검사였다. 정치인들의 비리, 연예
계의 숨은 뒷 세계의 모습을 고발하고 처벌하면서 서민들을 위하

는 검사라는 기사가 하루에도 수십 개 아니, 수백 개가 쏟아졌다. 33세라는 젊은 나이와 그의 훈훈한 외모도 한몫했다. 돈, 지위, 명예 모든 것을 다 가진 사람이었다.

얼마 전에는 여자친구에게 청혼을 하기도 했다. 여자친구의 답은 긍정이었고 앞으로 꽃길만 있을 것 같았다.

"최검사… 딱 한 번만 눈감아주게…."
"그래, 진혁아… 우리 고등학교도 같이 나왔잖아, 친구로서… 안 되겠냐?"

딱 한 번… 이 말 한 번에 모든 것이 꼬이기 시작했다. 감정에 휩쓸려 순간 충동적인 선택을 하였다. 사업을 독점하기 위해 정부에 뇌물을 바친 회사의 전담 변호사인 친구가 와서 내게 무릎을 꿇었다.

"나 곧 있으면 딸이 태어나…."

친구의 간절한 부탁에 어찌할 바를 몰랐다. 그래… 친구 좋다는 게 뭐겠어. 어차피 딱 한 번뿐이잖아. 그 뒤로 안 하면 되겠지. 라는 정말 안일한 생각을 했었다.

재판 결과는 뻔했다. 내가 딱히 이의를 제기하지 않으니 속전속결로 재판이 끝났다. 내가 간과한 점은 현재 대한민국은 나를 주목하고 있다는 것이다. '떠오른 샛별, 정의의 사도' 각종 별명을 붙이며 내가 하는 재판들을 지켜보았다.

당연히 재판에 무슨 문제가 있다는 점을 금방 파악한 시민들은 곧바로 태세전환을 하였다.

'내가 쟤 저럴 줄 알았어.'

'얼굴 봐 관상은 과학이라니까? 욕심이 드륵드륵 하잖아.'

'저런 애가 제일 무서워. ㅇㅈ?'

.

.

.

온갖 악플들이 달리기 시작했고

[속보, 정의의 사도의 이중행각?]

[단독보도 / 최검사의 과거, 알고 보니 학교폭력?]

[비리검사, 최진혁 희대의 사기꾼]

.

.

.

전에는 어렸을 때부터 착했다, 대한민국 유일의 정직 검사다. 뭐니 하면서 자기들 마음대로 판단해놓고 이제 와서 날때부터 싹수가 노랗다, 사기꾼이다라며 자기들 편한 대로 판단해버린다.

"우리 헤어져!"

그녀는 약지에 꼈던 약혼반지를 나에게 던지며 헤어지자고 소리쳤다. 그녀가 하는 말이 비수로 날아와 마음에 꽂혔다.

"너랑 결혼하려던 것도 니가 잘 나갔으니까! 그리고 돈도 잘 버니까 하려 했던 거지 이제는 없잖아?"
"너 말 다 했니? 나랑 데이트할 때마다 그런 생각한 거야?"
"그래! 근데 지금은 너무 쪽팔려서 같이 못다니겠다고!"
"…가. 우리 다시는 보지 말자."
"허!"

한때는 진정한 사랑이라 믿었던 사람이 뒤도 안 돌아보고 가는 모습을 보니 미칠 것 같았다. 내가 아무리 잘못했더라도 이해해 줄 거라 생각했다. 아니, 이해해 주지 못하더라도 곁에는 있어줄 것이라 생각했다. 근데 그것도 뭣도 아닌 애초에 나를 사랑한 적도 없었다니, 미치지 않는 게 비정상이었다.

***

그후, 집 밖을 나간 적 없이 방에서 죽은 듯이 살고 있다.
서울에 살던 집을 처분하고 고향인 대구로 내려와 형의 집에 얹혀서 살고 있다.
더 정확하게 말하자면 형이 와서 지내라고 했다. 다시 집을 살 돈은 충분했지만, 형이 보기엔 혼자 있다가 큰일 날 듯 해서 자신의 집에서 한동안 지내라고 한 것이다.

똑똑똑- 조심스럽게 방 문이 열렸다. 여전히 그는 바닥만을 쳐다
보고 있다.

"진혁아, 우리 아들이랑 서울 갈까 싶은데 같이 나들이 갔다 올까?"

형은 틈만 나면 나와 함께 바깥을 나가려고 하였다. 나는 사람들
의 시선이 두려워서 그럴 때마다 거절을 했지만 형 또한 포기하지
않고 끈질기게 물어왔다.
내가 형의 집에 온 뒤로 집안은 항상 시끄러웠다. 처음 3~4일은
형수님도 챙겨주고 했지만 계속 길어지니 형과 형수는 자주 싸웠
다. 당연하다. 조카들도 있고 지켜야 하는 가정이 있는데 언제까지
나 신세지고 살 순 없다.

"…그래, 좋아 나가자."

***

3월, 3월은 봄이지만 아직 겨울의 여운이 남아 있는 계절이다.
숨을 들이쉬면 시원한 바람이 코를 타고 들어와 상쾌하게 해준다.
그리고 따뜻한 햇살은 차가운 바람 속에 있는 나를 감싸 안아주는
듯했다.

"나오길 잘했지?"

형도 고생이 이만저만이 아니다. 집에서는 형수의 눈치를 보랴, 나를 챙기랴 오늘도 겨우 있는 쉴 수 있는 연휴에 나를 위해 나왔다. 이제는 정말 형을 위해서라도 잘 살아야 한다.

"응… 공기가 좋네."

걱정과는 달리 알아보는 사람은 없었다. 그리 긴 시간이 지난 것도 아니었는데, 사람들에게 있어, 진혁은 잠시 유희거리였을 뿐이었다.

"꺄- 히히, 아빠아빠!"

나들이를 나와서 기분 좋은 조카들을 보니 마음이 맑아지는 것 같았다. 얼마전에는 듬직한 삼촌이었는데, 그럴 수 있었는데, 또 안 좋은 생각이 든다. 내가 실수만 하지 않았더라면 헤어지지도 않았을 거고 지금쯤 결혼했겠지… 나를 버리고 떠난 그녀였지만 자꾸만 생각나고 후회가 되었다.

또 멍때리고 생각에 빠진 나를 본 형이 아무런 생각도 못하게 정신없이 어디론가 끌고 갔다. 우리나라의 역사가 깃들어 있는 궁, 경복궁이었다.

웅장하고 아름다운 모습에 순간 현혹되었다. 서울에 그렇게 오래 살았는데 한 번도 온 적이 없어서 몰랐다. 조카들은 한복을 빌려 한복을 입었다. 너무 귀여웠다. 조용히 궁 내부를 돌아다니며 구경을 했다.

계단을 올라 궁을 완전히 가까이서 보았다. 고풍스러운 분위기가 정말 좋았다. 이 순간만큼은 아무런 생각이 들지 않았다. 서울에 올라오기 위해 오랜만에 아침에 분주하게 움직였더니 금세 피곤해졌다. 방 안에서 움직이지 않았어서 그런지 체력이 많이 안 좋아졌나 보다

잠시 쉬려고 울타리처럼 쳐져 있는 돌에 손을 디뎠다.

순간, 시야가 점점 흐려지더니 머리에 큰 충격이 느껴지고 눈앞이 새카맣게 변했다. 아무것도 보이지 않았다. 내가 지금 쓰러진 건가? 라고 생각하고 있었는데 저 멀리서 한 실루엣이 다가오는 것이 보였다.

"내, 자네한테 부탁이 있네"

곤룡포를 입고, 왠지 모를 웅장한 분위기를 풍기는 한 남성이 진혁에게 다짜고짜 부탁이 있다며 말을 걸어왔다. 진혁은 꿈을 꾸고 있다고 생각했다.

"난 이 향이라고 하네"

"향…? 누구신지….”

"아, 조선의 문종이라고 하면 알려나?”

"…예?”

아, 내가 지금 꿈을 꾸는구나. 이 가설이 유력했다. 꿈을 꾸는 것. 전에 들어 본 적 있다. 자각몽에 대해서 그때는 이해하지 못했는데 지금 보니까 굉장히 신기했다. 꿈을 꾸는 도중 꿈을 꾼다는 것을 아는 현상이다. 라고 생각하니 상황이 재밌게 느껴졌다.

상황을 제대로 파악하지 못하고 있을 때 자신이 문종이라 주장하는 남성이 속사포로 이야기를 하기 시작했다.

"지금 과인은 곧 죽는다, 허나 문제가 있어. 남겨진 내 아들이 너무 어리다는 것이다.”

단종을 이야기하는 건가? 그런 거라면 삼촌에 의해 궁엔 피바람이 불겠지.

사육신? 생육신? 공부한 지가 오래라 기억이 가물가물하네…

"자네가 생각하는 것이 맞다네. 그래서 자네의 도움이 필요한 거네.”

"과인의 말을 지금은 못 알아들을 수 있네. 근데 단 한 가지만 기억해 주시게.”

"내 아들을 지켜주시오.”

***

눈을 떠보니, 원목으로 이루어진 천장이 보였다. 아직은 해가 안 뜬 듯 방안에는 어둠이 깔려 있었다. 정신을 차리고 일어나 방안을 살펴보니 한옥인 것 같았다.

방금 꾼 꿈, 아니 꿈이라고 생각했던 어떤 무언가가 현실로 다가왔다. 그럼 방금 나와 이야기를 나눈 사람이 진짜 문종인 것인가?

지금 이게 무슨 일인 거지…? 생각이 정리되질 않는다. 아까 꿈의 연장선인 건지, 이게 뭔 과거로 온 건지… 근데 그럴 수가 있나? 상식적인 생각과 동물적인 감이 충돌해 생각이 점점 더 미궁으로 빠졌다.

제대로 알아보기 위해 방문을 열었다. 여니까 내시로 보이는 이들이 문 앞에 서 있었다.

"전하, 거동하시겠사옵니까."

무슨… 이게 말도 안 돼. 내가 지금 문종이라는 건가? 아니 도대체 설명을 제대로 해주지도 않고 뭐 어떻게 하라는 거야.
"아… 예,"
일단 대답을 안 하면 이상할 것 같아서 대답을 했다. 말을 하니 신하로 보이는 이들이 분주하게 움직였다. 그리고 남성 관료가 몇

명 들어오더니 옷을 갈아입혀주기 시작했다. 당황했지만 당황하지 않은 척 갈아입혀 주는 것을 받았다.

곧이어 상을 들고 궁녀들이 들어왔다. 그리고 상 앞에 앉은 궁녀가 먼저 시음해야지 내가 먹을 수 있었다.

어떨결에 옷을 갈아입었고, 밥도 먹었다. 계속 일이 진행되니까 생각할 시간이 없었다. 왕은 진수성찬을 먹는 줄 알았는데 생각보다 별거 없었다. 간단하게 몇 없는 반찬으로 밥을 먹었다.

"아뢰옵기 황송하오나, 전하 이제 슬슬 주강을 하러 가실 때옵니다."

"아, 그렇지."

움직이려고 일어났더니 내관? 내시? 같은 사람들이 내 뒤로 줄을 지었다.

일어나긴 일어났는데 어디를 가야 할지 몰랐다. 주강…? 아침에 공부한다는 건가.

도저히 모르겠어서 제일 가까이 있는 내시에게 물었다.

"아… 내가 아직 비몽사몽해서, 길 좀 안내를…."

내가 왕인데 궁에서 나고 자랐는데 길을 모른다고 하는 건 너무 수상할 것 같아서 말도 안 되는 핑계를 대며 길안내를 부탁했다. 일단 앞을 나서면 길의 방향을 알려준다기에 일단 걸었다.

그 방을 나선 뒤로 빽빽한 업무와 수업들과 꽉꽉 차서 적응을 할 수 없었다. 밥 먹는 시간에서는 영혼이 나간 듯 정신이 혼미해져서 밥도 제대로 먹지 못했다. 조선의 왕의 스케줄이 빡세다라는 것은 들었지만 이 정도일 줄은 몰랐다.

모든 문서들은 한자로 되어 있었다. 나행히 검사 시절 한자를 자주 사용했던 그 경험 덕분에 느리지만 내용을 파악할 순 있었다.

***

오늘 하루 동안 있었던 일들이 믿기지가 않았다. 적응을 하기도 전에 이리저리 정신없이 돌아다니고 해서 오히려 현실을 받아들이기 쉬웠다.

이제 변하고자, 내 인생을 살아보고자 나온 나들이했던 것이 큰 변화를 불러왔다. 이제는 비리검사로서가 아닌, 진정하게 서민들을 위해서 살아보고 싶다는 생각이 들었다. 새로 시작하는 거다.

***

세 달 뒤,

진혁은 어느 정도 궁중 생활에 적응했다. 긴 시간은 아니지만,

이 시대의 문화, 가치를 파악하기 위해서 책을 읽다 보니 한자를 읽는 속도도 빨라졌고 상소문에 대응하는 능력, 상소문을 통해 명령을 내리는 것 또한 늘었다.

　나에겐 새로운 목표가 생겼다. 일명 "세계 최초, 초등교육 의무화!" 여러 가지 문제가 있지만, 그중 가장 큰 문제는 신분이다. 일반 양민의 아이들은 가능할지 몰라도 천민들의 아이들을 어찌하나… 라는 문제이다. 일단 교육이 불균등하게 분포될지는 몰라도 교육은 굉장히 중요하다. 이를 통해 질 높은 노동자들이 생기고 그들을 통해 경제 발전을 이루면서 나라가 부강하게 될 것이기 때문이다.

　교육을 전국적으로 확산시키기 위해 법률을 제정하기로 했다. 그래서 기존의 역사보다 한참 일찍인 조선 최고 법전 편찬을 시작하였다. 그리고 법전을 편찬하더라도 지방까지 퍼지는 데에는 오랜 시간이 걸린다. 왜냐하면 어려운 한자로 돼 있기 때문이다. 이 문제를 해결하기 위해 나는 훈민정음으로 법전을 편찬하기로 하였다.

　"과인은 법전을 '훈민정음'으로 짓고 싶소. 경들의 생각은 어떠한가."
　"전하! 통촉하여 주시옵소서!"
　"이는, 군주의 나라인 명에 대한 예의가 아니옵니다! 전하!!"
　"또한, 유교경전은 한문으로 이루어져 있사옵니다! 성현들의 글자를 배우고 공부하는 것이야말로 진정한 학을 깨우쳤다고 할 수 있사옵니다!"

 신하들은 나름대로 명분을 제시하며 훈민정음 사용을 반대하였
다. 조금만 생각해 보면 당연했다. 한자는 지배층의 특권이었으니,
모두가 익히기 쉽고, 적용하기 쉬운 훈민정음을 사용한다면 양민늘
이 학문에 접근하기 쉬워지기에 기득권을 지키고 싶어 하는 것이다.

 "그럼, 그 논제에 대해서는 더 생각해 보겠소."
 "교육(敎育)을 개편하여 나라에서 직접 교재를 만들고 양인들에
게까지도 넓히는 것은 어떠한가?"
 "아니되옵니다! 전하, 통촉하여 주시옵소서!!"
 "경들은 안 된다는 말밖에 하지 못 하는 거요?"
 "나라의 근본은 백성이라 했거늘!"

 21세기를 살아본 내가 보기엔 나라 발전을 위한 현명하고 타당
한 선택이지만, 유교로 꽉꽉 막혀 있는 이들의 입장에서는 성현들
의 말을 벗어나는 도전, 개혁은 전부 다 안 된다고 한다.
 그래… 훈민정음도 집현전에서 몰래 만들고 공개하였으니, 세종
대왕처럼 하는 것이 이 상황엔 적합해 보인다.

 "경들의 말을 이해했네. 과인이 좀 더 생각해 보겠소."
 "허나, 이제 상소는 '훈민정음'으로 올리시게."
 "왕명이오."

이 말을 끝으로 회의가 마무리 되었고, 내 하루 일과도 끝이났다.

왕이라는 절대권력이 이럴 때는 편하구나 라는 생각이 들었다. 한동안 훈민정음으로 상소를 쓰느라 곤역을 치르겠지. 통쾌하다.

***

한편, 왕의 행동에 불만을 가진 이들이 어두운 먹구름 같은 세력을 이루어 가기 시작했다. 강문식을 중심으로 조성된 세력은 은밀하게 퇴궐 후 밤에 모여 국정에 대해 논했다.

"요즘, 전하가 제정신이 아닌 것 같소."

"내, 상소를 올리고자 하여도 '훈민정음'을 사용하라지 않소!"

"자네들 말이 맞네. 전하가 잘못된 길로 가려 하시거든 옳은 길을 가게끔 하는 게 우리의 일이자, 의무이오."

"아무리 말해도 안 된다면, 우리 또한 강경하게 대응할 준비를 해야 할 것이오."

.
.
.

***

[집현전]

"제일 첫 문구로 '나라의 근본은 백성이다'를 쓰고 싶네."

"이를 강조하여 백성을 가르치고, 나라를 부강하게 할 필요가 있다고 생각하오."

결국, 몰래 법전 편찬을 하기 시작하였다. 하루 일과도 빡센데 추가직으로 학자들과 법까지 만드는 것을 시위해야 하니… 조선의 변화를 위한 첫걸음에 설레기도 하면서 한편으로 힘들기도 하였다.

그리고 끔찍한 악몽 같았던 검사 생활을 했지만, 여기서는 도움이 된다. 21세기는 더 정교화된 법이 존재하기에 여기서 조금씩만 고쳐나간다면 금세 법전을 편찬할 수 있을 것이다. 후대에 계속 이어지는 것이 아니라.

"소인의 생각 또한 전하와 같습니다."
"한 가지 더 제안드리고 싶은 게 있사옵니다."
"그게 뭔가?"
"교과서 편찬입니다. 그림을 포함해 알아듣기 쉽게 하고자 합니다."

솔직히 말해서 동시에 하고 싶지만, 매일 밤마다 법전 편찬을 위해 힘쓰느라 모두가 지친 상태이다. 교과서라는 개념도 무에서 유를 창조하다시피 해야 하기에 오랜 기간이 걸릴 것이다.

그런데, 법전 편찬 속도는 지금 꽤나 빠르게 진행되고 있다. 이에 맞추려면 지금쯤 교과서 편찬을 시작하는 것도 나쁘지 않은 선택이지만….

"경들의 의견에 따르겠소."

***

초등교육 의무화를 하기 위해 꼭 해야 하는 것이 있다. 현재 조선은 농경 중심 사회이다. 각 지방에서 자급자족을 하고 있다는 것이다. 이는 성장을 더디게 할 수 있다. 그렇다면, 상공업을 진흥시키어 경제가 활성화 되게 하고 지역간의 교류를 활발히 하는 것이 중요하다.

농경 중심 사회이기에 인적 자원이 매우 중요하다. 그렇기에 해야할 일이 많은 집안일수록 아이들을 학교에 보내지 않을 수도 있다. 아무리 법으로 의무라고 이야기하더라도 현실적으로 불가능한, 힘든 일이기 때문이다. 그래서 더더욱 상공업 진흥과 지역간 교류, 나라에서 지원 등이 필수적이다.

먼저, 각 고을 관아에 소 4~5필을 보급하여 관아에서 소를 빌려 사용한다면, 일손을 덜 수 있게 될 것이다. 그래서 간단히 지금 당장 할 수 있는 것을 수행하기로 했다.

한양을 중심으로 보급된 소들은 농업 생산성에 큰 도움이 되고 있다는 보고서를 받았다.

그리고 조선 깊숙히까지 경제가 활성화되려면 오래 걸린다. 그래서 나라간의 교역으로 돈을 움직이고자 했다.

"전하! 아니되옵니다! 항구를 개항하자니요!"
"오랑캐 놈들과 무역은 말도 안 됩니다!"
"통촉하여 수시옵소서!!"

움직이고자 했는데… 그놈의 통촉, 신하들이 강력하게 반대했다. 노이로제에 걸릴 지경이다. 일단 저들은 안 된다고 저지르고 보는 것임을 이제는 알 수 있다.

"잘 들어보시오. 개항을 통해 물자가 활발히 움직인다면, 나라 경제가 성장할 것이오."
"지금 충분히 다 먹고 사는데, 어찌 돈이 더 필요하단 말입니까!"
"수신제가치국평천하(修身齊家治國平天下)라고 하였습니다! 이기적이고 탐욕스러우면 좋은 세상을 만들 수 없다는 것입니다!"

이들을 설득하는 것은 매우 어렵다. 당연한 것이 나는 21세기의 상식선에서 말하는 것이고 저들은 유교 관점으로 논의, 정책을 바라보니… 의견이 일치하는 게 용한 것이다.

"좋소. 그렇다면, 안 되는 이유를 근거와 함께 토론합시다. 2시진 후, 다시 이곳으로 다들 모이시오."

***

"공자께서 말하시길, 욕이불탐(欲而不貪)을 다섯 가지 아름다움의 하나로 간주하셨습니다. 욕이불탐이란 자신이 성취욕을 가지고 있으나 재물을 탐내지 않는 것을 말합니다."

"음… 그 말에는 모순이 있는 듯하네. 자네는 정말 나라를 위한다는 그 목적 하나만을 위해 관직에 오른 것이오?"

"…예!, 저희 집안은 예로부터 나라를 위해 헌신하셨습니다!"

"그렇군, 허나 경제발전을 통해, 국방비에 더 많은 돈을 투자하면서 나라가 강해질 수 있다네. 과인에게 돈은 단순히 욕심이 아닌, 나라를 위한 투자라고 보네."

그 뒤로도 계속 유교적인 이유로 반박하고 경제 발전이 좋다는 의견과 대립해서 한동안 굽혀지지 않고 팽팽하게 갑론을박이 이어졌다. 하지만, 결국엔 유교적 윤리의 허점을 비판했고, 이에 대해 대답을 하지 못하고 나의 승리로 끝이 났다.

나의 승리로 끝이 났지만, 대신들의 의견이 좀처럼 굽혀지지 않았다. 그래서 완전히는 아니고 일부만 개방하여 무역 교류를 시작하기로 하였다. 이것만으로도 조선은 지금 크게 변할 것이다.

이렇게 하나하나씩 교육 의무화를 하기 위한 밑거름을 쌓아가기 시작했다. 꼭 교육 의무화를 하지 못하더라도 국가의 진보적인 발전을 위해 꼭 필요한 것들이다.

***

　새벽녘, 이제는 해가 좀 길어졌는지 햇빛이 일찍 찾아왔다. 얼마 전까지만 해도 해가 뜨지도 않았을 때부터 움직이기 시작했는데, 이곳에서의 생활이 순식간에 빠르게 지나가는 것을 체감하게 되었다. 저 멀리 연기구름이 피어오르는 걸 보아하니 수라간에서 바쁘게 음식을 준비하고 있음을 알 수 있었다.

　다름이 아니라 오늘 내가 일찍 일어난 이유는 바로! 운동을 하기 위함이다.

　문종은 병약한 몸 덕에 즉위한 지 2년도 채 안 되어 운명하게 된다. 바로바로 이 운명을 바꾸기 위해 오늘부터 조깅을 하기로 했다.

　조용히 문밖에 서 있는 내시를 불러 편안한 옷으로 채비했다. 아직 밥도 먹지 않은 데다가 편안한 옷으로 갈아입고 어딘가 나갈 모양새를 하니 내시가 물어왔다.

　"전하, 아직 수라도 드시질 않았는데 어딜 급하게 나가시옵니까."

　"나 조깅 좀 다녀오겠네!"

　"조깅…? 그게 무엇이옵니까?"

　아차, 여기 오고 나서 말실수를 자주 했다. 흔히 일상생활 속에서 듣는 말이라 잘 의식하지 않고 있었는데, 여기서 내가 외래어를 얼마나 평소에 많이 사용해왔는지 뼈저리게 느끼게 되었다.

"…아침 조(朝)! 팽팽할 긴(緊), 아침마다 배가 팽팽해지도록 운동 한단 소리요"

"아하, 미천한 신은 전하의 뜻을 도저히 헤아릴 수 없사옵니다."

이제 한자 좀 볼 줄 안다고 툭툭 튀어나왔다. 그 덕에 전에는 항상 얼버무렸지만, 나름대로 타당하게 설명하니 괜시리 뿌듯해졌다.

뿌듯한 마음과 함께 달리기 시작한 지 얼마 되지 않았을 무렵, 뒤에서 나를 부르며 내시들이 쫓아오고 있었다. 왜 쫓아오지 싶어 달리기를 멈추고 이유에 대해 물었다.

"궁 안에서 뛰시는 거였음, 말렸을 것이옵니다!"

달려온 내시는 평화롭게 운동하고 있는 나를 꾸짖었다. 당연히 급한 업무거나 무슨 일이 일어나서 다급한 표정으로 나에게 온 것이라 생각했는데 달리기를 한다고 말리러 왔다고는 생각하지도 못했다.

"궁 예법에 어긋나옵니다. 전하."

또 안 된다는 소리다. 하지만 궁궐 안에 있는 신하들은 내 사람들이란 것을 알기에 나를 위해 하는 말일 테니 짜증은 났지만, 수긍하고 다른 운동 방법에 대해 고민했다. 나의 편을 들어주고, 때로는 위로가 되어주며, 내가 실수해서 대신들에게 까이지 않도록 도움을 준다. 진짜 문제는 출퇴근하는 신하들이 문제다.

솔직히 얼마 전부터 대신들의 움직임이 이상하단 걸 눈치챘다.

저들 사이에서 세력이 갈려가는 게 눈에 띄게 다 보였다. 그래서 뒷조사했더니 주기적으로 강문석의 집에 모인다는 것을 알게 되었다. 그쪽 세력을 유심히 지켜볼 필요가 있다.

***

법전과 교과서 편찬은 쉬는 날 없이 계속 진행되고 있었지만, 더 이상 속도가 나지 않았다. 어찌 보면 당연한 것이 이제 나이가 있는 학자도 있고, 젊은 학자도 있지만 인력이 현저히 부족했다.

날이 가면 갈수록 의욕이 저하되는 게 눈에 보였다. 그리고 건강 또한 성치 않을 것이다. 잠을 불규칙하게 자서 언제 제대로 이부자리를 깔고 잤는지….

그래서 성균관에서 과목을 체계적으로 나누고, 과거 또한 세부적으로 나누어 그 과목에서 성적이 좋다면 뽑는 것으로 개편해겠다는 생각이 들었다. 그렇게 된다면 입맛에 맞는 신입을 뽑기도 좋으니, 일석이조였다.

다행히도 현재 성균관과 과거 시스템을 바꾸고자 하는 것을 강력하게 반대하는 이는 없었다. 따지고 보면 크게 바뀐 것도 없긴 했다. 유생들 입장에서도 좋은 게 자신이 잘하는 과목만 파고들면 됐기에 좋은 평가를 받았다.

전국적으로 교지를 내려 바뀐 시스템을 전달하였다. '산학'은 선대 왕부터 시행되었던 과거 시험이다. 하지만, 너무 어렵다고 하는 불평불만이 많아지자 점점 시험이 쉽게 나오기 시작했다. 그러나 이제 한 과목만 공부하면 된다니, 수와 계산에 익숙한 상인 계층들이 많이 도전하는 과목이 되었다.

　그후, 얼마 지나지 않아 별시를 치렀다. 별시는 임시 과거 시험이다. 정규적으로 진행되는 것이 아니다. 응시자는 역대급 규모를 자랑했다. 전에는 양반만이 쳤던 것이라면, 양인들도 참여했기에 사람이 많이 왔다. 날마다 치는 과목을 달리하여 각 과목별로 시험을 치렀다.
　이 부분은 생각지도 못했던 부분이었다. 성적을 줄세워 보니 양인들도 꽤나 합격하였다. 신분의 벽을 넘어서지 못할 것 같아서 큰 시도조차 하지 않았는데, 생각 외로 좋은 부작용이 따르니 조선이 좋은 쪽으로 변할 것이라는 확신이 생겼다.

　나의 입장, 아니 왕의 입장에서 보면, 양인들의 합격은 아주 많이 반가운 소식이다. 왕권을 위협하는 세력은 든든한 가문의 푸시와 가문이 커져서 위협하는 것이기에, 그러한 가문이 없는 양인들은 견제할 이유가 없으니 머리가 편해졌다.

＊＊＊

　한편으로는 점점 왕에게 불만이 생긴 이들이 세력을 키워가고 어둠의 구름이 끼기 시작하고 있었다. 사실 과거 시험에 큰 반대를 하지 않은 것 또한 상소문을 쓰기 싫었기에 어쩔 수 없이 크게 반대를 하지 못 하는 것이었다. 상소를 '훈민정음'으로 쓰라는 왕명이 있었기 때문이었다.

강문식 세력은 점점 간이 커지고 있었다. 겉으로는 퇴궐 후에도 국정에 대해 논의하는 나라의 헌신적인 대신들이라 비춰졌다. 더 대담해진 세력은 속은 거의 반역을 준비하고 있는 듯했다. 그전까지만 해도 대신들끼리 모여 왕을 험담했다면, 지금은 세조, 즉 충녕대군을 데려와 대군을 주축으로 확장하고 있었다.

충녕대군은 형에 대한 질투와 자격지심이 극에 달하고 있었다. 늘 그랬다. 어렸을 때부터 담화를 나눈 적도 거의 없었고, 일반적으로 세조는 문종을 피하고 다녔다. 게다가 형이 세자로 책봉되고, 모든 스포트라이트를 받는 것을 보고 악바리 있게 더 수업하고, 검술을 연마했지만 결국엔 칭찬받는 것은 문종이었다.

"대군께서 참석해 주시어, 든든할 따름이옵니다."
"우리들끼리 국정에 논한들 달라지는 것이 없사온데, 대군께서 함께 해주시니, 영광이옵니다."

"때를 보세."
때를 보자는 충녕대군의 말은 대신들의 가슴을 뛰게 하였다. 이젠 그냥 반역을 한다는 전제하에 자신들의 손으로 새로이 왕을 만들게 된다면, 개국 공신으로 가문의 힘을 키운다고 생각하니 설레었다.

감시를 붙여놓았으니 이 소식을 모를 수가 없었다. 그래서 꽝장히 당황스러웠다. 원래 역사대로라면 내가 죽은 뒤, 내 아들의 왕위를 빼앗는 것인데. 내가 죽는 것은 2년 뒤란 말이다. 내가 기존의 역사를 바꾸고 있구나.

**

1년 뒤,

법전은 아직도 손봐야 할 곳이 많지만, 교과서는 거의 다 완성해 갔다.

과거 시험에서 '현 나라의 문제점'을 쓰라고 문제를 내었다. 이 것은 내가 낸 문제였다. 왜냐하면 법전을 만들 일손이 필요하기에 일종의 신입 선발을 위한 기준표였다. 그래서 13명을 더 뽑았고, 법전 편찬에도 속도가 붙기 시작하였다.

양인들이 과거에 합격해서 궁으로 들어왔다. 관례상으로 문제가 될 게 없었다. 양인부터 과거에 응시할 수 있었으니, 그러나 문제는 양인이 일부라는 것이다. 양인에겐 뒷배, 가문이 없으니 말 걸 이유가 없어 계속 겉도는 느낌이 없지 않아 있다. 그중에서도 다행인 것은 양인들은 실무를 담당하기에 그냥 일만 하면 된다.

이러한 변화는 평민들의 인식을 바꾸었다. 내가 노력만 한다면 내 능력을 인정하여 나라에서 뽑아주는구나라고 생각하고 평민들도 공부에 몰두하기 시작했다.

또, 나라의 경제가 활발하게 움직이기 시작했다. 원래 아시아 국가들과 교류를 하였는데 전세계를 돌아다니는 아라비아인들에 의해 도자기 기술이 세계 제일이라고 소문이 나 유럽까지 무역을 시작하였다. 그 덕에 중국과 경쟁구도가 형성되었다.

나라 경제가 활발할 수 있었던 이유 중 하나는 아라비아 숫자를 사용한 것이다. 조선은 숫자조차도 한자로 표현하였기에 수식 계산이나, 장부를 쓸 때 한눈에 보기도 어렵고 일반 상인들에게도 힘들었었다. 그러나 10개의 문자로 모든 숫자를 다 표현할 수 있어서인 부분도 충분히 있을 것이다. 또 그 덕에 수학이 발전하고 있기도 했다.

아직은 완전한 것은 아니지만 주요 지방에도 관립학교를 세웠다. 내 고향인 대구에 3곳, 공주에 2곳, 평양에 2곳 해서 세웠다. 적은 돈으로 학교를 다닐 수 있게 했더니 많은 양인 아이들이 학교를 찾았다. 부모들도 아이를 공부시켜 과거 급제를 하게 하고 싶은 욕심이 있어서 못해도 한 명은 공부를 시키기 위해 노력했다.

한편, 반란을 하려거든 명분이 있거나, 나라가 제대로 돌아가지 않을 때 하여야 큰 반대가 없을 텐데 정치를 너무나도 잘하고 있었다. 게다가 백성들에게 큰 지지를 받고 있으니 자칫 되레 당할 수도 있었다.

서서히 반대 세력도 약해지고 몇몇은 나가기도 했다. 물론 처음에는 이해가 안 되었지만 결과적으로 현재 조선은 태평성대를 누리고 있기 때문이다. 저잣거리의 아이들은 왕을 찬양하는 노래를 지어 동네방네가 떠나가라 노래를 부르고 다닌다.

국고도 너무 꽉 차서 써도써도 줄지를 않았다. 지금까지 없었던 역대급 호황기였다. 그렇기에 차라리 왕이 곁에서 콩고물이라도 주워 먹는 것이 낫다고 판단한 것이었다.

남은 이들은 제각각의 이유로 남았다. 사실상 모 아니면 도였기에, 도박수를 거는 것이었다. 그리고 솔직히 말해서 욕심이었다. 공신이 되는, 왕이 되는. 그런 욕심이 눈앞을 흐렸다.

불안불안하니까 더 판단력이 흐려져 대담하게 행동했다. 이들은 자객단을 꾸렸다. 이젠 진짜 모르겠다는 심정으로 막 나가기로 했다. 죽이고 난 다음 후계자는 단종이지만 아직 어리기에 자신이 그 정도는 누를 수 있었다. 그리고 왕의 죽음이 병세로 인한 것으로 꾸미기만 하면 된다.

.

.

.

늦은 밤. 모든 생물이 잠에 빠져 고요한 순간 궁의 지붕 위로 검은 두복을 입은 사내들이 뛰어들었다. 밤에 보초를 서고 있는 이들의 눈만 피하면, 금세 왕이 있는 건물로 갈 수 있다.

이들은 중국과 일본에서 검술과 기술들을 익힌 이들이다. 조선 팔도에서 이들만큼 뛰어난 검술과 잠입할 수 있는 기술이 있는 사람은 없을 것이라 감히 자부할 수 있다. 그 자부에 맞게 모든 일이 순조롭게 해결되는 듯했다.

궁 안이 고요해서 다 자는 줄 알았겠지만, 사실 모두가 긴장한 상태로 깨어 있었다. 왜냐하면 모임에 감시를 붙인 것은 반란 세력도 알고 있었기에, 비밀스럽게 행동하고 모임 대신 편지로 연락을 주고받고 그 편지를 보고 난 후에는 태우는 형식으로 보안을 철저히 했다. 하지만 그들이 몰랐던 것은 외부에 있는 감시조는 연막이었다는 것이다. 진짜 감시는 내부에 있었다.

.

.

.

"전하, 아뢰옵기 황송하오나, 드릴 말씀이 있사옵니다."

사건의 전말은 이러하였다. 국정에 대한 불만을 토의하는 모임 초반에 참석했던 한 대신이 그 모임에서 하는 말이 이상하자 그대로 왕에게 와서 내부에서 있었던 말들을 그대로 전달하면서 시작되었다.

왕은 이들을 바로 처벌하거나 숙청하지 않고 더 지켜보기로 했다. 아직 대신들의 지지를 받지 못 하고 있는 상황이고 해야 하는 일이 많았기에 이것에 신경 쓸 겨를이 없기도 했다. 그래서 이 일을 일러준 대신과 내통하여 모든 소식을 다 보고 받고 있었다.

.

.

.

끼리릭- 조심히 연다고 하였지만, 나무로 된 문이라 어쩔 수 없이 소리가 났다. 그리고 숨소리도 없이 무방비 상태로 자고 있는 왕에게 슬금슬금 다가갔다. 입에 독을 넣으려 옷 속에서 독을 꺼내는 순간 뒤에서 사람이 나타나 자객이 알아채기도 전에 베었다. 왕의 몸 위로 쓰러진 자객은 이상함을 눈치챘다.

애초에 왕도 아니었다. 사람 크기만한 인형이었다. 고작 인형에 놀아나다니 후회할 시간도 없이 숨을 거두었다.

다음날 아침, 궁 안에 자객이 들었다는 것에 궁이 완전히 난리가 났다. 물론 궁도 궁이었지만, 더 난리가 난 쪽은 반란 세력이었다. 저로 탓하며 각자도생하기 위해 짐을 싸고 떠날 준비를 했다. 하지만 한참 늦은 후였다. 이미 군대가 집 앞에 도착해서 포위하고 있었다.

"자명하신 전하께서 자네들을 살려서 데려오라 했네."

그리고 이어, 죽어 마땅한 놈들이라 덧붙여 말했다. 이들을 밧줄로 포박한 이후 궁으로 끌고 갔다. 고위 관리와 대군이 포박되어 끌려가는 모습을 한양 도성 사람들이 보고 놀라 막 이야기가 돌기 시작했다.

***

　"그대들의 죄는 굉장히 엄중한 사항이오."
　"그렇기에 자네들의 운명을 나 혼자서 결정할 수 없다 생각하오."
　"궁 안의 모든 사람들에게 투표를 받아 결정하겠소!"

　세계 최초로 평등, 직접, 비밀선거를 진행하였다. 궁 안 사람들 한정이었다는 한계가 있지만, 투표소를 만들어 도장으로 투표를 진행했다.
　너무나도 당연히 사형에 처하는 것으로 의견이 몰렸다. 무려 95% 정도가 이 의견에 동의했다.
　　·
　　·
　　·

　이를 통해서 나는 단종의 왕위 위협요소들을 다 한번에 처리했다. 운명대로라면 이제 반년 뒤에 난 죽을 것이기에 어린 단종을 위해 한 결정이기도 했다. 그리고 혼자서도 이겨낼 수 있게 밤마다 오늘 있었던 국정 논의에 대해 함께 이야기하는 시간을 자주 가졌다. 아직 어린지라 간혹 졸기도 했지만, 그건 어쩔 수 없는 것이라 세자궁으로 돌려보내기도 했다.

*****

관립 교육기관이 있는 대구에 직접 가보기로 하였다. 별 타격이 없었지만, 반란의 위협을 받은 지 얼마 되지 않아 궁을 오래 비우는 거라 반대가 조금은 있었지만, 이젠 나의 편들만 남아 있는 대신들과 궁중 관리들이 잘 지켜 줄 거라 믿어 의심치 않는다.

대구까지의 여정은 오래 걸렸다. 내가 직접 걷거나 하진 않았지만 힘든 건 어쩔 수 없었다. 그리고 틈틈이 업무를 보느라 가는 도중에도 쉴 틈이 없었다. 더 고생인 건 서울과 우리 이동무리를 왔다갔다하며 나의 업무 사항을 전달하는 이들이 더 고생일 것이다.

.

.

.

대구에 도착하자마자 바로 학교를 찾아갔다. 학교 건물은 총 3층으로 서양식으로 벽돌로 지었다. 학교 내부는 60~70년대 교실을 보는 듯했다. 겨울을 잘 나기 위해 교실 앞쪽에 난로가 설치되어 있었다.

전교생은 무려 약 2000여 명에 육박했다. 예전 대한민국에서 그랬듯, 오전반 오후반이 나뉘어져서 수업을 들었다. 그리고 성균관

유생들을 파견하여 선생님으로 등용했다. 이때의 경험을 경력으로 쳐주어 성적이 안 돼서 과거에 오르지 못하는 이들에게 가산점을 주었다. 그 덕에 자발적으로 지방에 가서 선생을 하겠다는 사람들이 많았다. 이 과정도 굉장히 치열했다.

보고 나서 잠을 청하기 위해 이부자리에 누웠다. 하루하루 빽빽한 스케줄 속에서 살았어서 그런지 잠이 잘 오지 않았다. 지친 몸과 달리 정신은 완전 말짱했다.

'앞으로의 조선이 기대된다. 발전된 조선을 위해서 내가 좀 더 노력해야겠지만…'
'이렇게 하나둘, 바꾸어 간다면 백성들이 살기 좋은 나라가 되겠지.'

진혁은 지금까지 길다면 긴, 짧다면 짧은 왕의 자질을 가진 듯했다. 백성을 위해 움직였고, 나라의 발전을 위해 힘썼다.
변화할 조선을 위해 머릿속에 계획을 세워가며 혼자서 고민을 하던 중, 서서히 눈이 감겨가는 것이 느껴졌다. 몸이 지칠 대로 지쳤기에 나는 이 잠을 이겨내려 노력하지 않았고, 이내 잠에 들었다.

그러나 잠에 빠져든 것 같지 않았다. 의식은 있고 눈앞이 깜깜했다. 이곳에 올 때 꾸었던 꿈이랑 같았다. 저 멀리서 누군가 걸어오고 있었다. 바로 문종이다.
"고맙네… 내 아들을 살려주어서."

나의 선택들을 통해 운명이 바뀌었나 보다. 조선에서의 생활은 나를 바뀌게 해주었다. 삶의 활력을 넣어주었고, 인생이 재밌게 느껴지게 해주었다. 오히려 고마운 쪽은 나였다.

"다시 자네의 인생을 살게."

저 말을 끝으로 나는 다시 눈을 감았다가 눈을 떠보니 보이는 하얀 천장. 오른쪽을 보니 하얀 커튼이 설치된 것으로 보아 병원인 듯했다.

잠시 후 커튼이 제쳐지고 형이 왔다. 방금 화장실을 다녀왔는지 손에서 물이 뚝뚝 떨어지고 있었다. 그리고 조그마한 숨소리에 왼쪽을 보니 간이침대에서 조카들이 자고 있었다.

"어? 깼네. 갑자기 쓰러져서 놀랐어. 몸 어디 안 좋은 거 아니야?"

조선에서 거진 2년을 살다 왔는데 현실에선 시간이 많이 흐르진 않은 것 같았다.
그리고 새로 태어난 기분이 들었다. 현실에 돌와왔는데도 마음이 안정되고 편안했다.

"몸은 괜찮아. 근데 나 얼마나 누워 있었어?"
"아, 얼마 안 됐어. 한 3~4시간? 애들 자는 거 봐라. 벌써 밤이다 임마."

"지금 애들 엄마가 애들 데리러 내려오고 있는데, 그냥 같이 가면 되겠다."

***

현실에 돌아온 나는 과거의 실수를 만회하기 위해 한 언론과의 인터뷰를 통해서 실망했을 국민에게 사과했다. 차라리 이편이 속이 후련했다. 지난 과거의 나는 실수를 회피하기 위해 급급했는데 마주하고 나니 마음이 편해졌다.

'솔직히 한번의 실수로 나락가는 건 심했음'
└ 인정, 우리나라 정치를 보삼 저 정도는 어린애들 장난
  이지.
└ ㄹㅇㄹㅇ 그 전까지는 충분히 잘 했었음.

'그때도 바로 사과하지 그랬냐. 그러면 그렇게까지 나락
안 갔을 듯'
'다시 돌아와ㅠ 정의로운 검사가 필요해ㅠㅠ'
└ 저 사람에 대한 신뢰도가 바닥인데 다시 돌아오긴 뭘
  돌아와?

사람들의 반응은 대체로 긍정적이었지만, 내가 잘못 한 게 있으니 부정적인 시각은 어떻게 보면 당연했다.

***

"그동안 신세 많이 졌습니다. 형수님."

    나는 바로 집을 알아보고 형의 집에서 나왔다. 형에게는 너무 갑작스럽고 아직 동생을 챙겨줘야 한다고 생각해서 내 결정에 의아해했지만, 달라진 내 눈빛을 보고 안심이 들었는지 허락을 해주었다. 형수에게는 늘 죄송했다고 하고 집을 나섰다.

"…그래요. 앞으로 잘 살아가면 되죠."

    형수님의 마음속에서 완전히 내가 용서되진 않았을 것이다.

    6개월 동안 형의 집은 늘 냉기가 흘렀으니, 그 잃어버린 시간이 아까울 거다.

***

    그리고 내가 할 수 있는 일을 찾기 시작했다. 법을 잘 몰라 당하고만 있는 무고한 시민들을 위해 상담을 해주기 위해 인터넷 상담소를 열었고, 가난하고 빈곤한 아이들을 위해 기부와 봉사도 다니기 시작하였다.

    변변찮지만 작은 사무실 하나도 마련했고, 내가 하는 일에 매력을 느껴 온 이가 나와 함께 일을 하고 싶다고 하기에 내 과거가 부끄러워 거절하려 하였지만 결국 일하게 되었다. 나름 월급 주는 직원이다. 한 명뿐이지만….

이렇게 삶의 의미를 찾아가는 게 재밌었다. 나로 인해 삶을 살아갈 동력을 얻는 이들이 있다는 것 또한 나에겐 뿌듯한 일이었다.

***

1년 후,

형수님과 나의 사이가 거의 완만해졌다. 이젠 서로 장난도 친다. 처음엔 내가 조카들 장난감이나 먹을 것을 사들고 형네 집으로 갔는데 어느새 말을 트더니 친구 같은 사이가 되었다.

"우리 요번에 서울 갈까 하는데, 도련님도 같이 갈래?"

반말은 하는데 호칭은 존칭이라 좀 이상했다. 내가 형수보다 나이가 적어 그냥 이름 불러도 된다고 하였는데 저 말이 입에 붙었다고 싫다고 했다.

처음에 들었을 땐 너무 어색해서 볼 때마다 고쳐달라고 부탁했지만, 이젠 나도 익숙해서 그려러니 하고 있다.

"갑자기 웬 서울?"

"첫째 애가 이제 내년 되면 학교 가서. 가족끼리 자주 못 다닐 것 같아가지고."

***

그때 이후로 한 번도 서울에 간 적이 없었다. 사무실도 고향인

223

대구에 있었고, 가족들도 다 대구에 있었으니 굳이 갈 필요가 없었다.

그렇게 도착한 서울은 1년 전과 다를 것이 없었다. 여전히 사람들로 북적거렸고, 여전히 시끄러웠다.

변화한 게 있다면 사람들의 옷차림이었다. 전에 왔을 때는 봄이라 옷차림이 꽤 가벼운 사람들이 있었다. 그러나 지금은 하늘에 구멍 뚫린 듯 눈이 펑펑 쏟아지는 덕에 패딩을 입은 사람들과 목도리, 모자로 완전 무장을 한 사람들이 수두룩 했다.

눈이 너무 많이 와서 오늘은 숙소에서만 머물러야 할 듯했다. 그래서 숙소로 가던 길에 거대한 동상을 발견한 조카가 보자고 계속 졸라댔다.

하는 수 없이 내려 동상을 확인해 보니, '문종'이었다.

동상 밑단 부분에는 문종에 대한 설명이 적혀 있었다.

『문종은 조선 역사상 가장 개혁적인 왕이라 평가받는다. 짧은 재위 기간 동안 많은 정책을 만들었고 모두 잘 진행되었기 때문이다. 그의 가장 큰 업적을 꼽으라면 당연 '전세계 최초 초등교육 의무화'라고 자부할 수 있다. 조선 역사상 가장 태평성대한 시기라고 역사학자들에게 평가받는다.』

'내가 보지는 못했지만, 결국에는 '초등교육 의무화'를 성공했구나. 내가 한 노력들, 일들이 헛되지 않았네.'